中國語言文字研究輯刊

六 編

許錟輝 主編

第 7 冊

侯馬盟書文字研究（上）

張道升 著

花木蘭文化出版社

國家圖書館出版品預行編目資料

侯馬盟書文字研究（上）／張道升 著 -- 初版 -- 新北市：花
木蘭文化出版社，2014〔民 103〕

目 2+186 面；21×29.7 公分

（中國語言文字研究輯刊　六編：第 7 冊）

ISBN：978-986-322-662-8（精裝）

1. 古文書　2. 契約　3. 戰國時代

802.08　　　　　　　　　　　　　　　　　103001863

ISBN-978-986-322-662-8

9 789863 226628

中國語言文字研究輯刊

六　編　　第七冊　　　　　　　　ISBN：978-986-322-662-8

侯馬盟書文字研究（上）

作　　者	張道升
主　　編	許錟輝
總 編 輯	杜潔祥
副總編輯	楊嘉樂
編　　輯	許郁翎
出　　版	花木蘭文化出版社
社　　長	高小娟
聯絡地址	235 新北市中和區中安街七二號十三樓
	電話：02-2923-1455 ／傳眞：02-2923-1452
網　　址	http://www.huamulan.tw 信箱 hml810518@gmail.com
印　　刷	普羅文化出版廣告事業
初　　版	2014 年 3 月
定　　價	六編 16 冊（精裝）新台幣 36,000 元

侯馬盟書文字研究（上）

張道升　著

作者簡介

　　張道升（1976～），安徽肥東人，2000 年獲得安徽師範大學文學學士學位，2006 年、2009 年分別獲得安徽大學文學碩士、博士學位（導師：徐在國教授），2011 年 9 月至 2013 年 6 月在北京師範大學民俗典籍文字研究中心做全職博士後（合作導師：李運富教授）；2000 年至 2003 年在肥東縣白龍中學任教，2009 年迄今在合肥師範學院文學院任教；2011 年評爲副教授。

　　主要研究方向爲文字學、字書學，任教古代漢語、中國文字學、訓詁學等課程，迄今已發表學術論文 30 餘篇，出版專著 2 部，主持省部級項目 2 項、廳級項目 5 項、校級項目 3 項，爲中國辭書學會、中國文字學會、安徽省語言學會會員，安徽省辭書學會學術秘書。

提　要

　　侯馬盟書是 1949 年建國以來我國的十大考古發現之一，已成爲國寶級的文物。盟書文字是用朱筆或墨筆寫在圭形或璜形的玉石片上，內容極爲重要，是戰國石器文字最重要的資料之一。

　　論文共分爲三部分。第一章、第二章和附錄。

　　第一章爲侯馬盟書研究綜述。本章概括敍述了侯馬盟書公佈以來的研究成果並分析其存在的問題，說明對侯馬盟書研究仍有其必要性：自侯馬盟書發表以來，半個世紀過去了，有必要對侯馬盟書的文字研究成果加以全面彙集和對侯馬盟書字形考釋成果做一次新的檢討。

　　第二章爲侯馬盟書文字集釋。本章輯錄了目前所能見到的有代表性的研究侯馬盟書的文章，主要摘錄其中對侯馬盟書文字字形的分析、字義的闡釋部分，其他則從略。首列具有代表性的字形原拓，後加辭例，接著按時間先後順序排列各家的考釋，各家的觀點一目了然。最後是按語部分，是筆者對各家的觀點進行的評述，或提出自己的新觀點，比如：「🅐」，舊多未釋，筆者根據最新出土的楚簡材料，認爲應釋爲槙；「因」，筆者認爲它應是圃的異體；🅑，侯馬盟書摹本爲🅒（🅓），錯誤；此字上從羽，非從魚，下爲屚，應嚴格隸定爲🅔；字待考。

　　另外，按語中還對部分侯馬盟書的文字形體做了梳理，如「龖」字可與金文中的形體比較；「🅕」字可與戰國古璽中的「🅖」字比較，古璽所從的「🅗」，當是「觸」形之省。

　　附錄。包括七篇學術論文：一、侯馬盟書研究綜述。二、讀侯馬盟書文字劄記三則。三、《侯馬盟書‧字表》校訂。四、《古文字詁林》中所收侯馬盟書部分的校補。五、《古文字譜系疏證》中所收侯馬盟書部分的校訂。六、秦代「書同文」的前奏與實現——論先秦幾種重要石器文字在漢語規範化中的作用。七、從神靈世界向現實世界的演變——從出土文獻的盟誓文書中看神靈崇拜的式微與革新。

上 冊

第一章　侯馬盟書研究綜述 …………………………………… 1

第二章　侯馬盟書文字集釋 …………………………………… 7

　　一、《侯馬盟書文字集釋》卷一 …………………………… 9

　　二、《侯馬盟書文字集釋》卷二 …………………………… 19

　　三、《侯馬盟書文字集釋》卷三 …………………………… 49

　　四、《侯馬盟書文字集釋》卷四 …………………………… 73

　　五、《侯馬盟書文字集釋》卷五 …………………………… 87

　　六、《侯馬盟書文字集釋》卷六 …………………………… 111

　　七、《侯馬盟書文字集釋》卷七 …………………………… 133

　　八、《侯馬盟書文字集釋》卷八 …………………………… 167

下 冊

　　九、《侯馬盟書文字集釋》卷九 …………………………… 187

　　十、《侯馬盟書文字集釋》卷十 …………………………… 199

　　十一、《侯馬盟書文字集釋》卷十一 ……………………… 221

　　十二、《侯馬盟書文字集釋》卷十二 ……………………… 227

　　十三、《侯馬盟書文字集釋》卷十三 ……………………… 241

　　十四、《侯馬盟書文字集釋》卷十四 ……………………… 257

　　十五、《侯馬盟書文字集釋》合文 ………………………… 273

　　十六、《侯馬盟書文字集釋》存疑字 ……………………… 277

參考文獻和註釋 ……………………………………………… 287

附錄：發表的相關學術論文 ………………………………… 293

　　一、侯馬盟書研究綜述 …………………………………… 293

　　二、讀侯馬盟書文字箚記三則 …………………………… 298

　　三、《侯馬盟書・字表》校訂 …………………………… 302

　　四、《古文字詁林》中所收侯馬盟書部分的校補 ……… 318

　　五、《古文字譜系疏證》中所收侯馬盟書部分的
　　　　校訂 …………………………………………………… 324

　　六、秦代「書同文」的前奏與實現——論先秦
　　　　幾種重要石器文字在漢語規範化中的作用 ………… 333

　　七、從神靈世界向現實世界的演變——從出土
　　　　文獻的盟誓文書中看神靈崇拜的式微與革新 ……… 341

後　記 ………………………………………………………… 351

第一章　侯馬盟書研究綜述

　　侯馬，古稱新田，有「晉南重鎮」之稱。2500 多年前的春秋時期，就是溝通燕、秦、蜀的通衢之地。史載，春秋時代的晉國，曾有五都五遷：唐一都也，晉二都也，曲沃三都也，絳四都也，新田五都也。唐在今翼城，晉在今臨汾，曲沃在今聞喜，絳在今曲沃，新田在今侯馬。晉國將新田作爲都城達 209 年，起自西元前 585 年，終於西元前 376 年被韓、趙、魏三家分晉之時。

　　1965 年 11 月～1966 年 5 月，考古工作者在牛村古城附近的澮河北岸臺地上發現並發掘了侯馬盟書。這些盟書是用筆蘸朱砂（少數爲蘸墨）寫在玉片、石片上的，數量達 5000 餘件，已整理出可讀者 656 件。〔註1〕盟書及其反映的歷次盟誓，具有極高的史料價值，因此，這一發現立即震驚了考古界、歷史界、文字學界甚至書法界。侯馬盟書，因之被列入 1949 年建國以來我國的十大考古發現之一，已成爲國寶級的文物。〔註2〕

　　盟書，是古代結盟立誓，舉行歃血盟禮時所載錄的文辭，也稱爲「載書」，後亦泛指誓約文書。春秋時代盛行盟誓，據《周禮・司盟》等書記載，古代盟誓時所寫的盟書都是一式兩份，一份藏在掌管盟書的專門機構 —— 盟府裏，作爲存檔；一份祭告於鬼神，要埋入地下或沉入河中，侯馬盟書便是埋在地下的

〔註 1〕何琳儀，戰國文字通論（訂補）〔M〕，南京：江蘇教育出版社，2003：140。

〔註 2〕張頷，陶正剛，張守中，侯馬盟書〔M〕，太原：山西古籍出版社，2006：3。

那一份。

侯馬盟書，按其內容，大體上可分為六類十二種：

（一）宗盟類：這一類盟辭內容是同姓宗族的參盟人要求他們內部之間團結一致共同打擊敵人。強調要奉事宗廟祭祀（「事其宗」）和守護宗廟（「守二宮」），反映了主盟人趙鞅（趙孟）為加強晉陽趙氏宗族的內部團結，以求一致對敵而舉行盟誓的情況。這一類中又可分為六種，五百一十四篇，分別埋於三十七個坑中。

（二）委質類：這一類盟辭內容是從敵對陣營裏分化出來的一些人物所立的誓約，表明與舊營壘決裂，並將自己獻身給新的主君（「自誓於君所」）；被誅討對象除五氏七家而外，又增加四氏十四家（比盨、比枔、比僭、比強、比癭、趙朱、趙喬、閔舍、閔伐、邵城等。比氏中，趺及新君弟子孫、陰及新君弟子孫和比虎之伯父、叔父、兄弟之族未計在內），已多至九氏二十一家，文字篇幅最長。字跡可辨識者共七十五篇，分別出土於十八個坑位中。

（三）納室類：這一類盟辭內容表明，參盟人發誓，自己不「納室」（不擴大奴隸單位），也要反對和聲討宗族兄弟們中間的「納室」行為，否則甘願接受誅滅的制裁。字跡可辨的共五十八篇，集中出土於坑六七號。

上述三類均用朱紅顏色書寫。以下兩類用黑墨書寫：

（四）詛咒類：在清理存目盟書過程中，從一〇五號坑出土的標本裏，又發現了十三件有隱約文字痕跡，字跡黑色，大都殘損，無法辨識完整成篇的辭句；內容並非誓約，而是對既犯的罪行加以詛咒與譴責，使其受到神明的懲處。

（五）卜筮類：這是盟誓中有關卜筮的一些記錄，不是正式的盟書。發現了三件，是寫在圭形或璧形玉片上的。

（六）其他：除上述五類外，還發現少數殘碎的盟書，內容特殊，但由於辭句支離，無從瞭解各篇的全貌。其中只有一件保存著「永不明（盟）於邯鄲」一個與以前不同的完整的句子。這樣一些盟書，列為「其他」。〔註3〕

〔註3〕以上六段文字係筆者根據《侯馬盟書》（張頷，陶正剛，張守中，侯馬盟書〔M〕，太原：山西古籍出版社，2006 年增訂本：11～12）、高明先生的《載書》（中國古文字學通論〔M〕，北京：北京大學出版社，1996，6：420）和江村治樹先生的《侯馬盟書考》（文物季刊〔J〕，1996，1：81～96）加以整理的。

關於侯馬盟書的盟主，學術界有兩種意見：張頷等先生的簡子趙鞅說；唐蘭、高明等先生的桓子趙嘉說。

我們贊同唐蘭等先生的觀點，侯馬盟書盟主爲趙嘉（趙桓子），盟書主盟人約在晉定公十七年（約西元前 424 年）舉行盟誓的。

侯馬盟書的國內外研究概況如下：

（一）專　著

1、《侯馬盟書》

侯馬盟書自 1966 年出土面世後，就引起了海內外學術界的震動。1976 年文物出版社出版了由山西省文物工作委員會編著的《侯馬盟書》。該書公佈了侯馬盟書的所有圖版、摹本，書後還有《侯馬盟書・字表》。張頷先生對侯馬盟書做了整理與研究，他做出了巨大的貢獻，值得稱道。由於侯馬盟書圖版不清晰，所以摹本極爲重要，而《侯馬盟書》的特色就是摹本精良，摹本是張守中先生做的。書後所附的《侯馬盟書・字表》也是張守中先生做的。山西古籍出版社於 2006 年 4 月又出版了《侯馬盟書》增訂本。

2、《侯馬盟書研究》

《侯馬盟書研究》是 1993 年香港中文大學研究院中文學部曾志雄先生的博士論文。

該書共有五章組成：第一章，春秋盟誓概說；第二章，侯馬盟書的發現和研究；第三、四章，侯馬盟書釋例；第五章，侯馬盟書文字特點。該書重點探討了侯馬盟書的年代，對侯馬盟書的部分文字做了釋讀，對侯馬盟書一字多形的成因作了細緻分析，提出了 12 個原因，進而總結出了侯馬盟書文字的七大特點。可以說，該書是續《侯馬盟書》出版後，又一部專門研究盟書的大著。

除上述二部專著外，還有〔日〕平勢隆郎的《春秋晉國「侯馬盟書」字體通覽》（東京大學東洋文化研究所 1988 年 3 月）、汪深娟的《侯馬盟書文字研究》（中國文化大學中國文學研究所碩士論文，1983 年）等。

（二）論　文

涉及侯馬盟書的論文非常多，我們主要從古文字考釋的角度略作舉例。侯

馬盟書公佈後，許多著名專家學者如郭沫若、唐蘭、陳夢家、朱德熙、張頷、李學勤、裘錫圭、孫常敍、高明、李裕民、黃盛璋、李家浩、吳振武、何琳儀、馮時、劉釗、曾志雄、唐鈺明、董珊及日本學者江村治樹、平勢隆郎等均發表過涉及盟書的研究文章。

張頷先生最早發表《「侯馬盟書」叢考》、《「侯馬盟書」叢考續》等系列文章，系統考證釐清了侯馬盟書文字、內容及相關史實，揭示了盟書的科學內涵。但仍有許多疑難字誤釋或未釋，後經過學者的努力，大多得到解決。比如：

宝字，原先都誤釋爲「宗」，黃盛璋先生最早指出了二字的差別，將二字分開，意義尤爲重大。從此，戰國文字中其他國家的「宝」字也得到了確認。

，朱德熙、裘錫圭先生釋「阤」，認爲是「陸」字初文。

「麻臺非是」，朱德熙、裘錫圭先生釋爲「滅夷彼氏」，謂即《公羊傳》襄公二十七年的「昧雉彼視」。

吳振武先生對「過」、「講」、「兩」、「良」、「莝」、「鈔」等字的釋讀，李家浩先生對「弁」及從之字的釋讀，劉釗先生對「牽」字的釋讀等，均是考釋盟書疑難字詞的典範。

其他諸說不一一徵引，詳見集釋部分。

但侯馬盟書中仍有一些疑難字未得到解決，如：

：不顯～公

山西省文物工作委員會侯馬工作站釋「晉」，朱德熙，裘錫圭先生從之，後放棄。

陳夢家先生隸定爲「㷆」，高明先生引李家浩先生說此字當釋爲「出」，戚桂宴先生從之。吳振武先生認爲從「山」從「敬」省，可隸定成「岧」或「嶜」應讀作「頃公」，即指晉頃公（在位於西元前 525～512 年）。蘇建洲先生以爲侯馬的 及 ，下面皆從「山」，上面則分別從「止」與「屮」。最新的釋法是魏克彬先生，他在整理溫縣盟書的過程中，發現有三片盟書在 字的位置上用了「獄」字。他讀爲「嶽」，主張「 公」不是晉國的先公而是一位山神，名爲「嶽公」。還有釋「皇」，釋「幽」之說，字形差別太遠，不具引。

魏克彬先生的釋法最引人注意，由於溫縣盟書的材料還沒有完全發表，我們看不到相關字形，期待溫縣盟書早日全部公佈，相信對此疑難字的解決會有幫助。

類似的疑難字還有 、、、![字]

（九八：一）、![字]（一〇五：一）、![字]（一〇五：二）等。

　　侯馬盟書還有待進一步研究。爲了幫助人們釋讀疑難字，可以編著《侯馬盟書文字研究》。首先是文字集釋，對侯馬盟書文字資料進行綜合的整理。文字釋讀是基礎工作，侯馬盟書文字中還有一些字尚未釋出，即使對一些已釋的字，也是議論紛紛、各有說辭。爲了使人們對研究情況有一個整體認識，針對侯馬盟書文字綜合性研究明顯不足這一缺陷，文字集釋可對侯馬盟書文字考釋成果做一個全面梳理，志在於彌補這方面缺陷作一個嘗試。並在吸收學術界最新科研成果的基礎上，對侯馬盟書字形考釋成果做一次新的檢討，力爭考出部分疑難字。《侯馬盟書文字研究》就是對諸家說法的一次總結，這不僅爲以後的文字釋讀工作提供材料上的方便、可靠的平臺，而且對於整個春秋戰國文字的研究將有推動作用。

　　侯馬盟書是戰國三晉、戰國玉石文字中的重要資料，在文字學、先秦史研究等方面均具有重要的價值。侯馬盟書與河南溫縣盟書極相似，對侯馬盟書的深入研究也爲即將公佈的河南溫縣盟書的研究提供了很有價值的參考。溫縣盟書與侯馬盟書年代相近，盟書內容和盟書形制相似或相同，盟書所反映的歷史事實相同，因而它們之間具有密切的關係。〔註4〕通過對侯馬盟書文字的研究，有利於深化對溫縣盟書的研究，最終有利於揭示春秋末年的歷史史實。

〔註4〕程峰，侯馬盟書與溫縣盟書〔J〕，殷都學刊，2002，4：46。

第二章　侯馬盟書文字集釋

凡　例

一、本部分所收字，均見於《侯馬盟書》（山西省文物工作委員會，文物出版社，2006年增訂本）的摹本。

二、正編字頭用繁體，大致按照《說文解字》一書順序排列，不見《說文解字》的字，按偏旁部首附於相應各部之後，右上角加※號以示區別，或體用（ ）表示。

三、正編字頭如與《侯馬盟書·字表》隸定不同，即在第一行列出《侯馬盟書·字表》的釋法。如相同，《侯馬盟書·字表》的隸定皆省去。

四、每一字下皆先有代表性字形，後有辭例，接著注明出處，如一：一（1），一：一表示字形原所在的編號，（1）表示第一豎行。

五、所錄字形，全採用掃描，以存其真。字形高度以1.2釐米爲准。

六、每一字頭下所錄各家考釋資料，原則上依出版時間先後排列。各家考釋資料之前冠以作者姓名，文末注明出處。

七、各家考釋資料後面是筆者按語。筆者如贊同諸家說法，且沒有要補充的，按語皆省去。

八、存疑字有兩類，一類爲不便於歸部的字，另一類爲字形清晰但不知爲何字者。

九、鑒於本書的性質特點，全文採用繁體通用字排印。

《侯馬盟書文字集釋》卷一

吏　一、史一一：四〇（1），～敺彘。二、史二一六二：一（2），～醜。
　　三、史三三：二〇（7），巫覡祝～

《侯馬盟書・字表》320頁：史。

湯余惠　史，職官名，掌文書祭祀等事。（侯馬盟書〔M〕，戰國銘文選，
　　　　長春：吉林人民出版社，1993，9：197）

曾志雄　盟書「史」字基本上上從「古」，下從「又」。其「古」旁之「十」
　　　　多作「十」作，屬新形式，少數作「╋」，屬老形式；而於「口」部大
　　　　多加一橫劃作「甘（日）」形，亦屬新形式。（侯馬盟書研究〔D〕，香
　　　　港：香港中文大學研究院中文學部博士論文，1993：102）

何琳儀　吏　侯馬三〇三，～醜（戰國古文字典〔M〕，北京：中華書局，
　　　　1998：104～105）

湯余惠，賴炳偉，徐在國，吳良寶：吏。（戰國文字編〔M〕，福州：福建
　　　　人民出版社，2001：2）

湯余惠，賴炳偉，徐在國，吳良寶：史。（戰國文字編〔M〕，福州：福建
　　　　人民出版社，2001：184）

黃德寬 等　吏　侯馬三〇三，～醜（古文字譜系疏證〔M〕，北京：商務
　　印書館，2007：252）

按：～，從一，從史；一或變爲圓點（），史亦聲。史、吏本一字分化。

盟書中「～毆銫、～醜」之～，因在同類盟書中，參盟人有「政」（一：三
八）、「仁柳剛」（一：四一）等，姓名前皆沒有職位名，故此二處「～」也不應
爲職官名，應爲姓氏，讀「史」。「巫覡祝～」之～，讀「史」，職官名。《戰國
文字編》的前後隸定應統一。

上（堂）　七七：九（1）、三：一五（1），～

《侯馬盟書・字表》347頁：堂，七七：九

《侯馬盟書・字表・殘字》380頁：三：一五

何琳儀　堂　侯馬三三〇，～

～，從上，尙聲。上之繁文。參上字。（戰國古文字典〔M〕，北京：
中華書局，1998：682～683）

按：～，雙聲符字，在上的基礎上綴加了聲符尙（或尙省）。盟書中～，宗
盟類參盟人名。

祝　三：二〇（7）、三：二一（7），而敢不巫覡～史

曾志雄　盟書「祝」字「從示從兄」，「示」旁頭頂大多數都加一短劃，「兄」
旁一律寫作，張振林認爲這是春秋後期和戰國時期的寫法。（《試論
銅器銘文形式上的時代標記》頁74）（侯馬盟書研究〔D〕，香港：香
港中文大學研究院中文學部博士論文，1993：189）

何琳儀　祝　侯馬三一八，而敢不巫覡～史

侯馬盟書「～史」，司～之官。《禮記・王制》「～史、射御、醫卜及百
工。」《左・桓六》「～史正辭，信也。」（戰國古文字典〔M〕，北京：
中華書局，1998：193）

黃德寬 等　祝　侯馬三一八，而敢不巫覡～史

～，本像人跪於神主前有所禱告之意。侯馬盟書「～史」，司～之官。

《禮記・王制》「～史，射御、醫卜及百工。」《左傳・桓公六年》「～史正辭，信也。」（古文字譜系疏證〔M〕，北京：商務印書館，2007：529～531）

※極　〔極〕三：一（6），明～覷之

張頷　「〔極〕」有的地方書作「〔亟〕」，爲「極」字。《晉姜鼎》銘文中有「作憲爲極」（見《兩周金文辭大系》），郭沫若院長解「極」字爲「百政總揆，眾庶準則」之義。祭文之「極」亦有此義。從玉片祭文中我們可以看到在祭祀時許多家族集於「晉邦之陵」而群呼其「明」，「吾君其明極」。（侯馬東周遺址發現晉國朱書文字〔J〕，文物，1966，2：2～3）

何琳儀　極　侯馬三二〇，明～覷之

～，從示，亟聲。

侯馬盟書「～覷」，讀「極視」，參見「亟」。（戰國古文字典〔M〕，北京：中華書局，1998：33）

湯余惠，賴炳偉，徐在國，吳良寶：極。（戰國文字編〔M〕，福州：福建人民出版社，2001：10）

黃德寬　等　極　侯馬三二〇，明～覷之

～，從示，亟聲。侯馬盟書「～覷」，讀「極視」，參見「亟」。（古文字譜系疏證〔M〕，北京：商務印書館，2007：74）

按：盟書中～，讀爲殛。見殛字。

※祀　〔祀〕七七：四（4），明～視之

湯余惠，賴炳偉，徐在國，吳良寶：極。（戰國文字編〔M〕，福州：福建人民出版社，2001：10）

黃德寬　等　祀　侯馬三二〇，明～視之

～，從示，㠯（己之繁文）聲。侯馬盟書～，或作亟。參見「亟」。（古文字譜系疏證〔M〕，北京：商務印書館，2007：64）

按：盟書中有〔極〕〔三：一（6）〕，此作「祀」，屬於聲符互換。在上古：亟

為職部見紐，己為之部見紐，職、之對轉，聲紐相同。盟書中～，讀為殛。見殛字。

皇 𝕤一六：三、𝕤一五六：二二（6），～君晉公

張頷　「皇君皇公」，「皇」字用兩種寫法。第二個皇字似與「文尊」銘文之「𐤉」相近。君公並提金文有例，如《叔夷鎛》云：「受君公之錫光余弗敢廢九命」。「皇君」之例亦見於《叔夷鎛》「對揚朕辟皇君之錫休命」。（侯馬東周遺址發現晉國朱書文字〔J〕，文物，1966，2：3）

陶正剛，王克林　「皇君之所」，應指晉國某先君宗廟之所。（侯馬東周盟誓遺址〔J〕，文物，1972，4：31）

朱德熙，裘錫圭　皇君晉公顯然指已死的晉君。

盟書的皇君晉公可能就指定公。（關於侯馬盟書的幾點補釋〔J〕，文物，1972，8：37）

山西省文物工作委員會　皇君晉公——盟誓人（包括主盟人和參盟人）對晉國先公亡靈的稱呼，（張頷，陶正剛，張守中，侯馬盟書〔M〕，太原：山西古籍出版社，2006 年增訂本：32，亦見：山西省文物工作委員會，侯馬盟書〔M〕，北京：文物出版社，1976 第一版）

曾志雄　本篇的皇字寫，作𝕤，156：22 片寫作𝕤，從古從王，張振林定此兩種字形為春秋後期和戰國時期的寫法。（《試論銅器銘文形式上的時代標記》頁 78）侯馬盟書此例字形有二十七例，另有二例作𝕤（18：5），後者應是古老形式。（侯馬盟書研究〔D〕，香港：香港中文大學研究院中文學部博士論文，1993：48）

〔日〕江村治樹著，王虎應，史畫譯　關於「𐤉」公幾乎沒有什麼線索。但其上句與第 6 行中的「皇君」是指什麼呢？從此語在盟書中的位置來看，和第一、二類盟書中的「盧君」相同，很可能在盟書中均指盟誓的神。（侯馬盟書考〔J〕，文物季刊，1996，1：86）

何琳儀　皇　侯馬三一八，～君晉公（戰國古文字典〔M〕，北京：中華書局，1998：629～630）

湯余惠，賴炳偉，徐在國，吳良寶：皇。（戰國文字編〔M〕，福州：福建
　　人民出版社，2001：14）

黃德寬　等　皇　侯馬三一八，～君晉公（古文字譜系疏證〔M〕，北京：
　　商務印書館，2007：1739～1741）

璧　一六：一三（1），～

李裕民　《侯馬盟書》宗盟類四之一六：一三。

　　此字上部爲辟，辟的左右兩部分互換了位置。古璽臂字作（《征》
　　四·二），所從之辟寫法與此正同。下部爲玉。字應釋璧。《說文》：
　　「璧，瑞玉圜也。從玉，辟聲。」此係參盟人名。（侯馬盟書疑難字
　　考〔C〕，古文字研究·第五輯，1981，1：296）

陳漢平　盟書有人名字作，字表未釋。按此字從玉，辟聲，當釋爲璧。
　　（侯馬盟書文字考釋〔M〕，屠龍絕緒，哈爾濱：黑龍江教育出版社，
　　1989，10：356）

何琳儀　璧　侯馬三五七，～（戰國古文字典〔M〕，北京：中華書局，
　　1998：775）

湯余惠，賴炳偉，徐在國，吳良寶：璧。（戰國文字編〔M〕，福州：福建
　　人民出版社，2001：15）

黃德寬　等　璧　侯馬三五七，～

　　古文字～，玉～。（古文字譜系疏證〔M〕，北京：商務印書館，2007：
　　2096）

※瑷（瑗、瑷）　一五六：二六（1）、一五六：二六（6）、
一：七四（1），～

　　《侯馬盟書·字表》347頁：瑗，一五六：二六

　　《侯馬盟書·字表》369頁：瑷，一：七四

　　朱德熙，裘錫圭　「瑗」字亦見於侯馬盟書（《侯馬盟書》330頁，原書

誤摹成「瑗」）和天星觀一號墓竹簡，從「玉」從「晏」。戰國古印古字中有「𤪺」字（《古璽文編》139 頁），從「玉」從「貝」從「晏」，舊不識。王子嬰次盧銘「嬰」字作「𧴪」（《金字編》804 頁），從「貝」從「晏」。據此，「𤪺」當是「瓔」字。古陶文「纓」字從「糸」從「瓔」，字或作「𦇚」（《古匋文香錄》附 24 上），「瓔」旁作「瑗」；字又作「𦇜」（同上），「瓔」旁作「瑗」。故簡文「瑗」字當釋作「瓔」。戰國楚簡中有「緩」字，饒宗頤在《戰國楚簡箋證》（《金匱論古綜合刊》第一期）裏據《汗簡》「纓」字古文「𨾚」釋爲「纓」。此字亦以「晏」代「嬰」。「嬰」與「晏」古音相近。二字的聲母同屬影母。「嬰」的韻母屬耕部，「晏」的韻母屬元部，古代耕元二部字音關係密切，通用的例子很多。（曾侯乙墓‧曾侯乙墓竹簡釋文與考釋〔M〕，北京：文物出版社，1989：517）

曾志雄　𤩪：見《侯馬盟書》第 56 頁，《附錄》第 63 號。此字與「瑗」字有關，見下文「瑗」字的討論。

　　瑗：見《侯馬盟書》頁 60，《附錄》第 180 號。「瑗」原文作𤪺（156：26），與上文「𤩪」字作𤩪（1：74）基本相似，只是後者多一「貝」旁。過去討論此字的人不多。《曾侯乙墓》一書的編者指出，盟書「瑗」字即曾侯乙墓編號 57 號竹簡及天星觀一號墓竹簡之「瓔」字，《侯馬盟書》作「瑗」屬於誤摹；又據《金文編》所收《王子嬰次盧》銘之「嬰」字作從「貝」從「晏」之形，認爲《古璽文編》頁 139 之「𤪺」字與曾侯乙墓之「瓔」字當釋爲「瓔」。「𤩪」字也應該是「𤪺」字的誤摹；「瑗、𤪺」的關係不但和「瑗、𤩪」的關係一樣，而且「瑗、𤪺」的結構變化也對應於上文「㘴、陞」的結構變化。所以我們主張把上文的「𤩪」隸爲「𤪺」字，釋爲「瓔」。（侯馬盟書中的人名問題〔C〕，容庚先生百年誕辰紀念文集，廣州：廣東人民出版社，1998，4：500～502）

姜允玉　瑗：此字與 312 號「𤩪」字字書不見，在盟書中都是人名。由於「𤩪」字偏旁多於三個，因此「瑗」字有可能爲「𤩪」之簡省。如此，則「瑗」、「𤩪」可認爲一字。（《侯馬盟書‧字表》補正〔C〕，古文字

研究‧第二十七輯，北京：中華書局，2008：365）

按：朱德熙，裘錫圭兩位先生之說可從。

中　一、![字]三：一九（2）、![字]一五六：二五（2），～者（都）。二、![字]一五六：二○（5），晉邦之～。三、![字]一○五：一（2），～行寅（人名）

> 陶正剛，王克林　盟書中所列的姓氏人名，如「中都比弴」、「邯鄲董政」、「新君弟」等等，應為《世本》（秦嘉謨輯補本）所說的：「氏為居者，城郭園池是也」。人名前冠以地名，便是這些姓氏以采邑所在之處為其姓氏。
>
> 「中都」，地名。字與戰國趙幣「中都」同形（見《考古》1965 年第 4 期）。在戰國時屬趙。（侯馬東周盟誓遺址〔J〕，文物，1972，4：30～31）

> 朱德熙，裘錫圭　中都和邯鄲大概是與立盟者敵對一派所據的城邑，不大可能是由地名轉成的族氏。（關於侯馬盟書的幾點補釋〔J〕，文物，1972，8：36）

> 山西省文物工作委員會　中行寅——即晉國六卿之一的荀寅，在歷史文獻中也稱中行文子。（我國古代盟誓制度的歷史見證——侯馬盟書〔J〕，文史知識‧1975，6：20，亦見：張頷，陶正剛，張守中，侯馬盟書〔M〕，太原：山西古籍出版社，2006 年增訂本：43，亦見：山西省文物工作委員會，侯馬盟書〔M〕，北京：文物出版社，1976 第一版）

> 曾志雄　中都：地名。陶正剛等人指出，盟書「中都」二字與戰國趙幣「中都」同形。（《侯馬東周盟誓遺址》頁 30）《左傳》昭公二年有「中都」一地，楊伯峻以為晉地，在今山西省介休縣東北，榆次縣東。（《春秋左傳詞典》頁 87）
>
> 「中」字盟書絕大多數作![字]形，三例在「口」內增加一橫劃，一例寫作「中」，和今天寫法相同。容庚引羅振玉說：「金文凡中正字皆從口

從 ▌，伯仲字皆作中，無斿形。」（《金文編》頁 28）可見盟書「中」字與金文「中」字相似。另外，盟書的「中」字有一例在頂上加「◤」形作 ▮，尤仁德發現這與戰國古璽「忠」字的「中」旁相似（《館藏戰國六璽考釋》頁 64），可能是後起的裝飾成分。（侯馬盟書研究〔D〕，香港：香港中文大學研究院中文學部博士論文，1993：171～172）

何琳儀　中　侯馬二九九，～都

盟書「～都」，地名。《左·昭二》「執諸～都」，在今山西平遙。（戰國古文字典〔M〕，北京：中華書局，1998：270～273）

湯余惠，賴炳偉，徐在國，吳良寶：中。（戰國文字編〔M〕，福州：福建人民出版社，2001：22）

黃德寬 等　中　侯馬二九九，～都

殷周文字多在旗杆中間加口、〇、▪等表示方位處於正中，指事。盟書「～都」，地名。《左傳·昭公二年》「執諸～都」，在今山西平遙。（古文字譜系疏證〔M〕，北京：商務印書館，2007：1161～1167）

按：▮一五六：二五（2），從宀，從中，即审，宀爲增繁無義偏旁。古文字中，宀爲常見的無義偏旁之一，見《戰國文字通論》216 頁。委質類「～都」，爲地名；「晉邦之～」，中爲方位詞。詛咒類「～行寅」，人名。

每　▮二〇〇：五八（1），～猱

何琳儀　每　侯馬三〇八，～

侯馬盟書～，姓氏。～當時，漢人。見《印藪》。（戰國古文字典〔M〕，北京：中華書局，1998：129）

湯余惠，賴炳偉，徐在國，吳良寶：每。（戰國文字編〔M〕，福州：福建人民出版社，2001：23）

黃德寬 等　每　侯馬三〇八，～

侯馬盟書～，姓氏。（古文字譜系疏證〔M〕，北京：商務印書館，2007：319）

按：參照《古文字譜系疏證》1173 頁，《戰國古文字典》、《古文字譜系疏
　　證》的辭例「～□」均應改爲「～猿」。

蒐　蒐八五：一○（1）、蒐六七：二八（1），□～

湯余惠，賴炳偉，徐在國，吳良寶：蒐。（戰國文字編〔M〕，福州：福建
　　人民出版社，2001：28）

黃德寬　等　蒐　侯馬三四二，～

　　侯馬盟書～，人名。（古文字譜系疏證〔M〕，北京：商務印書館，
　　2007：666）

按：～，從艸（或從芔），從鬼。艸、芔形旁通用例可參見《中國古文字學
　　通論》146～147 頁。盟書中「□～」，爲納室類參盟人姓名。

茲（絲）　茲一六：三（2），惕～

曾志雄　惕絲：《汗簡》釋絲爲幽，黃錫全《汗簡注釋》以爲絲茲古字同形。
　　（頁 172）在金文中，絲可以用作茲，爲近指代詞，相當於「此」或
　　「之」，因此《侯馬盟書》的編者放棄把這個絲字釋作「此」是說得過
　　去的。（侯馬盟書研究〔D〕，香港：香港中文大學研究院中文學部博
　　士論文，1993：48）

何琳儀　茲　侯馬三○七，余不敢惕～（戰國古文字典〔M〕，北京：中華
　　書局，1998：91）

黃德寬　等　茲　侯馬三○七，余不敢惕～

　　茲、茲、絲、茲古本同源。（古文字譜系疏證〔M〕，北京：商務印書
　　館，2007：216～217）

按：～，從艸，茲省聲。徐鍇《說文解字繫傳》：「絲省聲。」可備一說。
　　茲，像兩束並列的絲，當爲絲的初文。後多借用爲表近指的指示代
　　詞或指示詞，義同茲，《易·晉》：「受茲介福，于其王母。」《論語·
　　子罕》：「文王既沒，文不在茲乎！」盟書中～，代詞，此、這的意
　　思。

茀　茀一：九一（1），～

何琳儀　峀　侯馬三二二，峀

《說文》「峀，山脅道也。從山，弗聲。」晉器～，人名。（戰國古文字典〔M〕，北京：中華書局，1998：1294）

黃德寬 等　茀　侯馬三四二，～

～，從屮（與從艸同），弗聲。古茀字。（古文字譜系疏證〔M〕，北京：商務印書館，2007：666）

按：～，從屮，非從山，何琳儀先生的《戰國古文字典》字形分析有誤，《古文字譜系疏證》之說可從。

《侯馬盟書文字集釋》卷二

尚 尚六七：一（1）、尚六七：三（1）、尚六七：四（1），而～敢或內室者

曾志雄　尚：韓陳其、易孟醇分別注意到先秦時「尚」字是個假設連詞，
　　並且同樣舉了《墨子・尚賢上》的「尚欲祖述堯舜禹湯之道，將不可
　　以不尚賢」爲例。

　　《說文》認爲「尚」字「從八向聲」（頁 49 上），但盟書極大部分的
　　「尚」都在「八」下加一短劃（二十九例占二十六例）；比對金文大
　　部分「尚」字都無此一短劃看（參閱補摹本《金文編》頁 48「尚」
　　字），加短劃的應屬新興形式。盟書「尚」字呈趨新走向。（侯馬盟書
　　研究〔D〕，香港：香港中文大學研究院中文學部博士論文，1993：
　　199～200）

何琳儀　尚　侯馬三一一，而～敢或內室者
　　侯馬盟書～，猶且。《詩・小雅・小弁》「～求其雌」，箋「～，猶也。」
　　（戰國古文字典〔M〕，北京：中華書局，1998：678～679）

黃德寬　等　尚　侯馬三一一，而～敢或內室者
　　侯馬盟書～，讀倘。（古文字譜系疏證〔M〕，北京：商務印書館，

2007：1860～1861）

公 台一六：三（2），皇君晉～

何琳儀　公　侯馬三○○，皇君晉～

　　侯馬盟書～，爵名。（戰國古文字典〔M〕，北京：中華書局，1998：407～409）

黃德寬 等　公　侯馬三○○，皇君晉～（古文字譜系疏證〔M〕，北京：商務印書館，2007：1123～1126）

余　一、余一六：三（2），～不敢　二、余一：一（1），～（自稱）

陳夢家　疑「余」是晉君的自稱。（東周盟誓與出土載書〔J〕，考古，1966，2：275）

唐蘭　文中說「余不敢」，顯係主盟者的自稱。（侯馬出土晉國趙嘉之盟載書新釋〔J〕，文物，1972，8：31）

山西省文物工作委員會　余──主盟人自稱，即「我」。（張頷，陶正剛，張守中，侯馬盟書〔M〕，太原：山西古籍出版社，2006 年增訂本：32，亦見：山西省文物工作委員會，侯馬盟書〔M〕，北京：文物出版社，1976 第一版）

曾志雄　余在金文中是一個常用的第一身人稱代詞。本句中餘字在「不敢」之前，用作句子的主語。陳夢家注意到本篇「余」與下文「大夫」相對，懷疑「余」爲晉君的自稱。（《東周盟誓與出土載書》頁 277）本篇的「余」字作爲詞的形式，雖然非常古老，但它的寫法已有兩點，和今天的寫法相同。張振林認爲在金文中無兩點的『余』字是春秋前期以前的通常寫法，有兩點的是春秋後期直至以後的寫法，這個看法和《金文編》與《古文字類編》對「余」字字形的排列是一致的。（侯馬盟書研究〔D〕，香港：香港中文大學研究院中文學部博士論文，1993：48）

何琳儀　余　侯馬三〇八，～不敢

　　侯馬盟書～，第一人稱代詞。（戰國古文字典〔M〕，北京：中華書局，1998：532～533）

黃德寬 等　余　侯馬三〇八，～不敢

　　戰國文字～，亦多爲第一人稱代詞。（古文字譜系疏證〔M〕，北京：商務印書館，2007：1490～1492）

犢（牽）　[字形]一九八：三（1），牽～

《侯馬盟書·字表·存疑字》376 頁：[字形]一九八：三。

曹錦炎　《侯馬盟書》宗盟類，參盟人名有[字形]（198：3），當亦是牽即犢字。（釋[字形]——兼釋續、瀆、竇、鄲〔J〕，史學集刊，1983，3：87、90）

陳漢平　盟書有人名[字形]，字表未釋。後一字當犢字古文，此人名當釋爲袤犢。（侯馬盟書文字考釋〔M〕，屠龍絕緒，哈爾濱：黑龍江教育出版社，1989，10：357）

何琳儀　牽　侯馬三五九，～

　　～，從牛，賣聲（或省作目形）。犢之省文。（戰國古文字典〔M〕，北京：中華書局，1998：401）

黃德寬 等　牽　侯馬三五九，～

　　～，從牛，賣聲（或省作目形）。犢之省文。見犢字。（古文字譜系疏證〔M〕，北京：商務印書館，2007：1099～1100）

按：～，從牛，賣省聲，犢之省文。盟書中[字形]，劉釗先生讀「牽犢」，可從。詳見牽字。

牽　[字形]一九八：三（1），～犢

《侯馬盟書·字表·存疑字》376 頁：[字形]一九八：三。

李裕民　[字形]《侯馬盟書》宗盟類四之一九八：三。

　　[字形]是矛的象形，金文戀字所從之矛作[字形]（《金文編》十·一六）。此字

隸定作縡。盟書中常見的一種繁化現象，是附加 或 ，如衰作
（六七：三六）、疣或作 （九八：六）。據此，縡的右下部之 也可
能是附加之形，字當即縡。縡，字書所無，應是廣袤之袤的繁體。古
文字的繁化，有一種現象，是增加意義相近可以通用的偏旁。如土、
阜通用，防或增土爲堤（見《說文》），陵增土爲陸（《陳猷釜》）。衣、
糸也通用，如褆作袛。以此例之，袤也可以增加糸旁繁化爲縡。盟書
縡，爲參盟人名。（侯馬盟書疑難字考〔C〕，古文字研究‧第五輯，
北京：中華書局，1981，1：299）

陳漢平　盟書有人名 ，字表未釋。按此人名前一字從糸，從寸，從衣，
從矛省聲，當釋爲袤；後一字當牘字古文，此人名當釋爲袤牘。（侯馬
盟書文字考釋〔M〕，屠龍絕緒，哈爾濱：黑龍江教育出版社，1989，
10：357）

何琳儀　縡　侯馬三五九，～
～，從糸，袤聲。右下又旁爲裝飾部件。侯馬盟書～，人名。（戰國古
文字典〔M〕，北京：中華書局，1998：259）

劉釗　人名中的一些字形可以證明一些字的特殊結構。如秦簡牽字作
「 」，字從衣從矛，如隸定則作「袤」，成了廣袤的袤字。牽字的這
個結構讓人不解。古璽有「長 牘」印，朱德熙先生釋爲長擎牘，讀
擎爲牽。侯馬盟書中有人名作「 牘」，「 」字以往不識，字從系從
又從 。如同秦簡牽字比較，可知 即牽字。字從系從又爲累加之意
符。如此則侯馬盟書的「 牘」也應讀爲「牽牘」，同古璽長牽牘名
字相同。又漢印中有「妾 牛」印，「 」字以往不識，如同秦簡牽
字比較，可知也是牽字，「妾 牛」即「妾牽牛」。這是以星宿命名的
一個例子。（古文字中的人名資料〔M〕，古文字考釋叢稿，長沙：嶽
麓書社，2005：372，亦見：吉林大學學報（哲學社會科學版）〔J〕，
1999，1：60～69）

黃德寬　等　緌　侯馬三五九，～
～，從糸，袤聲。右下寸旁爲裝飾部件。侯馬盟書～，人名。（古文字

譜系疏證〔M〕，北京：商務印書館，2007：733）

按：劉釗先生之說可從。

※羍　一、✦一七九：八（1），～（人名）　二、✦一七：一（1），～□□□簟

山西省文物工作委員會　羍羛 —— 羍，即「駍」字，俗作「騂」，音星
　　（xīng）。駍犠，即祭祀時所用的紅色的牛。《禮記・郊特牲》：「牲用
　　駍，尚赤也。」《詩・魯頌・閟宮》：「享以駍犠。」注：「駍赤犠，純
　　也。……其牲用赤牛純色。」（張頷，陶正剛，張守中，侯馬盟書〔M〕，
　　太原：山西古籍出版社，2006 年增訂本：45，亦見：山西省文物工
　　作委員會，侯馬盟書〔M〕，北京：文物出版社，1976 第一版）

李裕民　「羍」，即駍，祭祀時所用紅色的牛。此篇出於 17 坑，坑內伴出
　　牛骨，與文獻記載相合。（我國古代盟誓制度的歷史見證 —— 侯馬盟
　　書〔J〕，文史知識，1986，6：56）

何琳儀　羍　侯馬三二三，～；～羛□□簟
　　～，從羊，從牛，會調和之意。侯馬盟書「～羛」，讀作「駍犠」，《詩・
　　魯頌・閟宮》「享以駍犠。」傳「駍，赤；犠，純也。」（戰國古文字
　　典〔M〕，北京：中華書局，1998：1165）

黃德寬 等　羍　侯馬三二三，～；～羛□□簟
　　～，從羊，從牛，會調和之意，疑觧之初文。侯馬盟書「～羛」，讀
　　作「駍犠」，《詩・魯頌・閟宮》「享以駍犠，是饗是宜。」毛傳「駍，
　　赤；犠，純也。」（古文字譜系疏證〔M〕，北京：商務印書館，2007：
　　3584～3585）

按：盟書中～〔一七九：八（1）〕，宗盟類參盟人名；「～羛□□簟」〔一七：
　　一（1）〕，句意不明。

嗌（森）　一、✦八五：七（1）、✦九八：一四（1）、✦一九四：二（1），～。二、✦九二：四五（1），～奚

湯余惠，賴炳偉，徐在國，吳良寶：嗌。（戰國文字編〔M〕，福州：福建

人民出版社，2001：64）

黃德寬 等　嗌　侯馬三四二，～奚

～，上從口，下所從待考。～爲嗌之初文，讀若益。侯馬盟書～，讀
益，姓氏。嬴姓伯～之後。見《元和姓纂》。（古文字譜系疏證〔M〕，
北京：商務印書館，2007：1989～1990）

君　一、**㪔**一六：三（1）、**君**三：一九（6），皇～。二、**君**一：九八（5），
～嘽盟者。三、**君**一：一（2）、**君**一：三九（4），～其覷之（一作
盧～其覷之，一作盧～其永亟覷之，一作盧～其明亟覷之）。四、**㪔**
三五：三（4），～之所。五、**君**三：一九（3），新～弟。六、**君**九三：
一（5），～（殘字）

陳夢家　此篇「君」字與59片同辭載書之從尹從口者稍異，而同於《說文》
古文。（東周盟誓與出土載書〔J〕，考古，1966，2：275）

唐蘭　君其覷之，一作盧君其覷之，一作盧君其永亟覷之，一作盧君其
明亟覷之。（侯馬出土晉國趙嘉之盟載書新釋〔J〕，文物，1972，8：
33）

陶正剛，王克林　「君所」應爲晉國某君之所。（侯馬東周盟誓遺址〔J〕，
文物，1972，4：30）

山西省文物工作委員會　君所，指主君所居之處。（張頷，陶正剛，張守中，
侯馬盟書〔M〕，太原：山西古籍出版社，2006年增訂本：38，亦見：
山西省文物工作委員會，侯馬盟書〔M〕，北京：文物出版社，1976
第一版）

戚桂宴　立誓人是「自誓於君所」，「君所」當是指晉君之所，不是指卿大
夫一級人物「主君」之所。（侯馬石簡史探〔J〕，山西大學學報·社科
版，1982，1：75～76）

曾志雄　君字盟書基本從尹從口，與甲骨文相同，屬古老形式；又有十例
作**君**，二例作**君**。單周堯認爲後二者由前者演變而來；而此二形之中，
後者又由前者演變而成，（見《讀王筠〈說文釋例·同部重文篇〉箚記》

頁 373）所以最後一形爲最新形式。最後一形的寫法，何琳儀稱爲「解散形體」，（見《戰國文字通論》頁 219）與上文 D 式「比」字的割裂筆劃應屬一類；（見上文頁 97）而君字「尹」旁作█的，湯余惠認爲是燕系文字的特徵。（《略論戰國文字形體研究中的幾個問題》頁 48）此外，有一例的「尹」旁寫成「丑」（1：40），應該是字形訛誤。

君所，「君之所」的意思，這點可以從「自質（誓）於君所」又作「自質於君之所」（156：23，179：13，探八（2）：2）可以知道。君，即「盧（吾）君」，上文已指出「盧君其明亟覰之」又可作「君其明亟覰之」（1：29）之例。黃盛璋以爲此句的「君」指先君（同上引文，頁 31），似不合理。我們在這裏還是跟上文一樣，把「君」釋爲「吾君」，即生君。（侯馬盟書研究〔D〕，香港：香港中文大學研究院中文學部博士論文，1993：107、153～154）

劉翔　等　君：同出盟書或稱「皇君□公」，或稱「皇君」，當是主盟人的先世君主。（侯馬盟書〔M〕，商周古文字讀本，北京：語文出版社，1989，9：209）

郭政凱　侯馬盟書中的「吾君」、「君」，既不是神，也不是先君，而是在世的人。從侯馬盟書的上下文意來看，這個能夠執行監督與懲罰職能的「吾君」或「君」，應是指主盟人趙嘉，它與「主」都是參盟人對趙嘉的尊稱。（侯馬盟書參盟人員的身份〔J〕，陝西師範大學學報・哲學社會科學版，1989，4：96）

趙世綱，羅桃香　侯馬盟書中的「君」並不一定專指晉君。

因爲在文獻中以及青銅器銘文中有許多材料可以證明自西周中期以至戰國的卿大夫都可以稱君。君不是諸侯國君的專稱。卿大夫或有封邑的人都可以稱君，同時只有不將「君」字理解爲諸侯國君的專稱，盟書中的盟詞才能得到合理的解釋。如侯馬盟書「委質」類中的打擊物件有「跂及新君」、「蹬及新君」。這個「君」當是跂及蹬各自封邑的新君主。他們的舊君主則可能是趙孟的擁護者，或是反對趙孟而被趙孟所殺。有如《左傳》所載涉賓與趙稷的關係一樣，邯鄲趙午被趙鞅所殺後，涉賓就回邯鄲擁立趙稷爲君，趙稷對涉賓來說當然就是新

君了。（論溫縣盟書與侯馬盟書的年代及其相互關係〔C〕，汾河灣——丁村文化與晉文化考古學術研討會文集，太原：山西高校聯合出版社，1996，6：153～154）

何琳儀　君　侯馬一五六，皇～晉公；侯馬三四一，～嘮盟者

侯馬盟書～，～主。侯馬盟書「～嘮盟」之～，或作群。（戰國古文字典〔M〕，北京：中華書局，1998：1337～1339）

湯余惠，賴炳偉，徐在國，吳良寶：君。（戰國文字編〔M〕，福州：福建人民出版社，2001：66）

黃德寬 等　君　侯馬三○八，皇～晉公；侯馬三四一，～嘮盟者
　　侯馬盟書～，～主。「～嘮盟」之～，或作「羣」。（古文字譜系疏證〔M〕，北京：商務印書館，2007：3698～3702）

命　䪤一六：三（3），定宮平峙之～

陳夢家　命即誓命（名詞）。（東周盟誓與出土載書〔J〕，考古，1966，2：274）

劉翔 等　命：賜命。（侯馬盟書〔M〕，商周古文字讀本，北京：語文出版社，1989，9：208）

曾志雄　《左傳》有某種「君命」和「晉國之命」，與這裏的定宮平峙之命性質類似。這些君命或晉國之命，實際上是一種國君與大夫之間的盟約或盟辭。因此定宮平峙之命也是一種盟誓性質的君命。
　　盟書命字皆從「口」，只有四例作「令」。全廣鎮認爲「令」字甲骨文屢見，「命」字則始見於西周康王時器，兩周金文中「令、命」二字常通用（《兩周金文通假字研究》頁277～278），因此盟書四例的「令」字顯屬古老形式。（侯馬盟書研究〔D〕，香港：香港中文大學研究院中文學部博士論文，1993：48～49、75）

何琳儀　命　侯馬三一一，定宮平峙之～
　　侯馬盟書～，或作令。見令字。（戰國古文字典〔M〕，北京：中華書

局，1998：1145～1146）

黃德寬　等　命　侯馬三一一，定宮平阼之～

　　侯馬盟書～，～令。（古文字譜系疏證〔M〕，北京：商務印書館，2007：3531～3534）

按：盟書中～，教令，政令；王命，朝命的意思，《易·姤》：「後以施命誥四方。」孔穎達疏：「風行草偃，天之威令，故人君法此以施教命誥於四方也。」《禮記·緇衣》：「《甫刑》曰：『苗民匪用命，制以刑，惟作五虐之刑曰法。』」鄭玄注：「命謂政令也。」

嘑 （字形）一：三三（3），群～盟者

陳夢家　《說文》曰「嘑，號也」，今作呼，呼明即號盟。（東周盟誓與出土載書〔J〕，考古，1966，2：275）

何琳儀　嘑　侯馬三四六，群～盟者

　　侯馬盟書「～盟」，讀「詛盟」，或「諼盟」。（戰國古文字典〔M〕，北京：中華書局，1998：456）

黃德寬　等　嘑　侯馬三四六，群～盟者

　　侯馬盟書「～盟」，讀「詛盟」，或「諼盟」。（古文字譜系疏證〔M〕，北京：商務印書館，2007：1282）

何琳儀　群　侯馬三四～，～嘑盟者

　　侯馬盟書「～嘑」，讀「～呼」。《穀梁·定十》「齊人鼓譟」，注「～呼曰譟」。（戰國古文字典〔M〕，北京：中華書局，1998：1340～1341）

黃德寬　等　群　侯馬三四～，～嘑盟者

　　侯馬盟書「～嘑」，讀「～呼」。《穀梁傳·定公十年》「齊人鼓譟而起，欲以執魯君。」范甯集解「～呼曰譟」。（古文字譜系疏證〔M〕，北京：商務印書館，2007：3703）

按：何琳儀先生和《古文字譜系疏證》對於「～」是上讀，還是下讀，在嘑字、群字下論述中不統一，《戰國古文字典》已經發生了錯誤，《古文字譜系疏證》從之。筆者認爲應下讀。盟書中～，通虖。見虖字。

赳　九二：三六（1），～

《侯馬盟書・字表・殘字》383頁：九二：三六

何琳儀　赳　侯馬三六六，～

　　《說文》「～，從走，丩聲。」侯馬盟書～，人名。（戰國古文字典〔M〕，北京：中華書局，1998：163）

黃德寬 等　赳　侯馬三六六，～

　　《說文》「～，從走，丩聲。」侯馬盟書～，人名。（古文字譜系疏證〔M〕，北京：商務印書館，2007：426）

趙　一：一（2），～

李裕民　「趙邦」二字，應是通致的誤摹。即使通致就是趙邦，和朝、朔是一個字，他也不會是武公之子朝。（我對侯馬盟書的看法〔J〕，考古，1973，3：185～186）

衛今，晉文　「侯馬盟書」的主盟人為趙孟。經考證，這個趙孟就是晉國六卿之一的趙鞅，又稱趙簡子，原是晉國大大，後為正卿，是東周時期，晉國歷史上的新興地主階級的一個代表人物。他所主持訂立的「侯馬盟書」，密切印證了晉國的這一段重要歷史。（張頷，陶正剛，張守中，侯馬盟書〔M〕，太原：山西古籍出版社，2006年增訂本：2，亦見：山西省文物工作委員會，侯馬盟書〔M〕，北京：文物出版社，1976第一版）

劉翔 等　趙尼：與下文列舉的「亢疯」、「亢直」、「通餥」、「史醜」皆為人名，是被詛咒誅討的對象。（侯馬盟書〔M〕，商周古文字讀本，北京：語文出版社，1989，9：208）

金國泰，張玉春　先秦氏稱用字的同音替代習以為常（但姬、姜、姚、嬴等古老族姓例外），人們並不覺得氏稱易字就是棄本忘祖，如《百家姓》之首的趙氏，東周趙孟壺銘作「趙」，大樑鼎作「肖」，古璽多作「肖」，侯馬盟書「趙」「肖」「郇」互見……（漢字的異寫異讀與漢語姓氏的變化〔J〕，中國典籍與文化，1998，1：70）

何琳儀　趙　侯馬三四六

戰國文字～，姓氏。參肖字。（戰國古文字典〔M〕，北京：中華書局，1998：322）

湯余惠，賴炳偉，徐在國，吳良寶：趙。（戰國文字編〔M〕，福州：福建人民出版社，2001：80）

黃德寬 等　趙　侯馬三四六，～弧

戰國文字～，姓氏。（古文字譜系疏證〔M〕，北京：商務印書館，2007：890）

按：對侯馬盟書趙氏人物的斷定，對於確定盟書時代、盟書反映的歷史事件的意義作用重大。以趙鞅爲主角的一些歷史事件的經過，文獻記載和《侯馬盟書》的內容，是相爲呼應的。「子趙孟」就是趙鞅。「子趙孟」爲主盟人，並有「以事其宔」和「守二宮」的約文。這類盟辭證明，趙孟不但是主盟人，而且還是趙氏的宗主。

趙　〔字形〕一五六：一（1），～

山西省文物工作委員會　趙——音超，去聲（chào），參盟人名。（張頷，陶正剛，張守中，侯馬盟書〔M〕，太原：山西古籍出版社，2006 年增訂本：35，亦見：山西省文物工作委員會，侯馬盟書〔M〕，北京：文物出版社，1976 第一版）

劉翔 等　趙：音 chào，參盟人名。「趙敢不𠦏丌腹心，㠯事丌宗」，此句意爲：趙不敢不剖明心跡，以侍奉其宗主。（侯馬盟書〔M〕，商周古文字讀本，北京：語文出版社，1989，9：207）

曾志雄　趙：參盟人名。《說文》和《汗簡》都有「趙」字。《說文》作〔字形〕，《汗簡》作〔字形〕，後者顯然更接近《侯馬盟書》的寫法。金文有《厚趙鼎》，趙也是人名，作〔字形〕形，唐蘭定此器爲西周昭王時器，可見趙字作人名相當古老，而盟書趙字在金文趙字頭頂上的「人」形加一橫畫發展而成，是一種新形式。（侯馬盟書研究〔D〕，香港：香港中文大學研究院中文學部博士論文，1993：52）

曾志雄　參盟人「趥」字作 ![字形] （見圖一），和金文《厚趥鼎》的「趥」字作 ![字形] 相似。唐蘭定《厚趥鼎》爲西周昭王時器，二字差別顯然在前者比後者于「卓」旁上的「匕」形多一短劃，情形有如張振林指出那樣，春秋前期以前從「人」旁的「壬」字作 ![字形] 之形而春秋後期及戰國時期之「壬」字作 ![字形] 形，因此盟書「趥」字可視爲帶春秋後期文字結構的特色。（侯馬盟書中的人名問題〔C〕，容庚先生百年誕辰紀念文集，廣州：廣東人民出版社，1998，4：510）

何琳儀　趥　侯馬三四七，～
　　侯馬盟書～，人名。（戰國古文字典〔M〕，北京：中華書局，1998：308）

湯余惠，賴炳偉，徐在國，吳良寶：趥。（戰國文字編〔M〕，福州：福建人民出版社，2001：80）

黃德寬　等　趥　侯馬三四七，～
　　侯馬盟書～，人名。（古文字譜系疏證〔M〕，北京：商務印書館，2007：841）

按：～，從走，卓聲。

趧　![字形]九二：一（1），楳～

何琳儀　趧　侯馬三三八，□～
　　侯馬盟書～，人名。（戰國古文字典〔M〕，北京：中華書局，1998：740）

湯余惠，賴炳偉，徐在國，吳良寶：趧。（戰國文字編〔M〕，福州：福建人民出版社，2001：80）

黃德寬　等　趧　侯馬三三八，□～
　　侯馬盟書～，人名。（古文字譜系疏證〔M〕，北京：商務印書館，2007：2006）

趰　![字形]四九：二（3），～歂

曾志雄　盟書𧾷字極大多數「從走甬聲」，也有一例作「通」，字表認爲
「通同𧾷」（頁 374 十劃「通」字下），應該是「走、辵」偏旁通用
的原因。「走、辵」通用例金文已有，見《中國古文字學通論》頁 159
～160。段玉裁以《說文》之「𧾷」字爲「踴」字（《說文解字注》
頁 67 上），這可能是春秋以後「走、足」偏旁相通之例，與盟書時
代無關。《姓錄》引《名賢氏族言行類稿》：「巴大夫食采通州，因氏
焉。」（頁 198）可見通姓者以地爲姓。𧾷字除作「通」之外，亦有
三例「從止勇聲」，一例作「甬」。前者屬「辵、止」通用，俊者則
同於「肖、趙」與「直、悳」之關係，爲形聲化之發展。在𧾷字的
聲符中，有三例不作「甬」而作「用」，這應是「音（聲）符互作」
之例。（侯馬盟書研究〔D〕，香港：香港中文大學研究院中文學部博
士論文，1993：100）

何琳儀　𧾷　　侯馬三四六，～㦷

　　侯馬盟書～，讀通，姓氏。見通字。（戰國古文字典〔M〕，北京：中
　　華書局，1998：423～424）

湯余惠，賴炳偉，徐在國，吳良寶：𧾷。（戰國文字編〔M〕，福州：福建
　　人民出版社，2001：81）

黃德寬　等　𧾷　　侯馬三四六，～㦷

　　侯馬盟書～，讀通，姓氏。見《元和姓纂》。（古文字譜系疏證〔M〕，
　　北京：商務印書館，2007：1186）

按：𧾷、通雖然在《說文》中屬於不同部，但是古文字中「走、辵」通用
　　例金文已有，見《中國古文字學通論》141～142 頁；並從盟書的辭例
　　來看，𧾷可直接釋爲通。

※趡　　🖾九二：三（1），～

何琳儀　趡　侯馬三五二，～

　　～，從走，隹聲。侯馬盟書～，人名。（戰國古文字典〔M〕，北京：
　　中華書局，1998：125）

黃德寬 等　⿺走菁　侯馬三五二，～

～，從走，菁聲。侯馬盟書～，人名。（古文字譜系疏證〔M〕，北京：商務印書館，2007：304～305）

歸（歸）　一：五一（1），～父

何琳儀　歸　侯馬三五一，～父

侯馬盟書～，姓氏。騩子國舊姓，爲楚所滅，後以爲氏。見《世本》。（戰國古文字典〔M〕，北京：中華書局，1998：1214）

湯余惠，賴炳偉，徐在國，吳良寶：歸。（戰國文字編〔M〕，福州：福建人民出版社，2001：83）

黃德寬 等　歸　侯馬三五一，～父

～，從帚，自聲，古歸字。侯馬盟書～，姓氏。《通志・氏族略》「歸氏，姓也。未詳得姓之始。《左傳》騩子國，姓歸，爲楚所滅。子孫以國爲氏，或以姓爲氏。」（古文字譜系疏證〔M〕，北京：商務印書館，2007：2973～2974）

※⿱⿲阝水阝止　一五六：二五（2），比～

黃德寬 等　⿱⿲阝水阝止　侯馬三四九，比～

～，從止，⿲阝水阝省聲。侯馬盟書～，讀愆，人名。（古文字譜系疏證〔M〕，北京：商務印書館，2007：2643）

按：《古文字譜系疏證》之說可從。⿲阝水阝，從二阜，從水，會二阜夾一水，澗之初文（湯余惠先生釋）。

※⿱亟止　一五六：二〇（6），明（或永）～⿰臣見之

何琳儀　⿱亟止　侯馬三二〇，明～⿰臣見之

～，從止，亟聲。疑遊之省文。侯馬盟書「～⿰臣見」，讀「極視」，見亟字。（戰國古文字典〔M〕，北京：中華書局，1998：33）

黃德寬 等　⿱亟止　侯馬三二〇，明～⿰臣見之

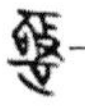

～，從止，亟聲。疑遖之異文。侯馬盟書「～覞」，讀「極視」，參見「亟」。（古文字譜系疏證〔M〕，北京：商務印書館，2007：74）

按：「明（或永）～覞之」，讀爲殛，見殛字。

※ 六七：三（1），～從此盟誓之言

黃德寬 等　　侯馬三四五，～從此盟誓之言

～，從止，率聲，逹之異文。參見「逹」。侯馬盟書～，讀逹。《字彙．辵部》「逹，遵也。」（古文字譜系疏證〔M〕，北京：商務印書館，2007：3267）

※ 一九五：七（1），～陽

《侯馬盟書．字表》366 頁：

湯余惠，賴炳偉，徐在國，吳良寶：。（戰國文字編〔M〕，福州：福建人民出版社，2001：976）

黃德寬 等　　侯馬三四九，～陽

～，從止，䣋聲。疑䣋之繁文。侯馬盟書～，讀將，姓氏。見䣋字。注：䣋，從酉，爿聲，醬之省文。（古文字譜系疏證〔M〕，北京：商務印書館，2007：1920、1921）

按：應嚴格隸定爲：。

登（𣪘）　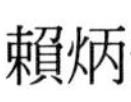三：二〇（3），～

湯余惠，賴炳偉，徐在國，吳良寶：登。（戰國文字編〔M〕，福州：福建人民出版社，2001：86）

按：與《說文》「登」的籀文形同。

此　六七：一（1），～盟誓之言

何琳儀　此　侯馬三〇三，～盟誓之言

～，從人，從止，或認爲會以足蹋人之意。晉器～，代詞。（戰國古文

字典〔M〕，北京：中華書局，1998：765）

黃德寬 等　此　侯馬三〇三，～盟質之言

　　～，從人，從止，或認爲會以足蹋人之意。晉系文字～，指示代詞，
　　這。（古文字譜系疏證〔M〕，北京：商務印書館，2007：2068～2069）

是　𥅆一：一（3）、𥅆一：一四（3），麻塞非～

張頷　「是」可通於「禔」，有祝其安福之意。（侯馬東周遺址發現晉國朱
　　書文字〔J〕，文物，1966，2：1）

陳夢家　《儀禮・覲禮》「太史是右」注云「古文是爲氏也」，《禮記・曲禮
　　下》「是職方」注云「是或爲氏」，漢碑氏或以是爲之。（東周盟誓與出
　　土載書〔J〕，考古，1966，5：276）

陶正剛，王克林　「是」即氏，古音氏是相通，坑200第46篇盟書上有「麻
　　夷非氏，」可證。（侯馬東周盟誓遺址〔J〕，文物，1972，4：31）

劉翔　等　是：通「氏」，族氏。《公羊傳・襄公二十七年》「昧雉彼視」，
　　與此「麻塞非是」義同，皆謂滅彼族氏。（侯馬盟書〔M〕，商周古文
　　字讀本，北京：語文出版社，1989：209）

林志強　「是」通「氏」。（戰國玉石文字研究述評〔J〕，中山大學研究生學
　　刊，1990，4：45）

曾志雄　「氏」作「是」除了上引盟書例子之外，古籍和石碑上都有同樣
　　用例。「是」字在盟書中大多數都作𥅆，從「早（𣆉）」從「止」，但
　　也有三例作𥅆，從「旦」從「止」，類似今天的寫法。陳初生認爲後者
　　比較晚出（《常用金文字典》頁155），應該是盟書的新興形式。不過，
　　陳氏在說明「是」字前一字形時，認爲是「從早、止」，在說明後一字
　　形時，認爲是「從日、正」，又懷疑「是」字「本從早止聲（是、止韻
　　同在支部，聲母禪、章相近）」（上引書同頁），似乎對「是」字新舊兩
　　形的分析前後矛盾。但這種矛盾，應該來自許慎《說文解字》「是，直
　　也，從日正」的錯誤觀點。侯馬盟書和大量金文的「是」字，正讓我
　　們知道「是」字的下半是從「止」而非「從正」，「從正」的看法是後

來「早」變爲「旦」之後的錯覺。（侯馬盟書研究〔D〕，香港：香港
大學博士論文，1993：112～113）

何琳儀　是　侯馬三一八，麻臺非～

盟書～，讀氏。《儀禮・覲禮》「太史～右」，注「古文～爲氏」。《戰
國策・齊策》三「魏取伊～」，鮑本～作氏。是其佐證。氏，姓之支
系。《左・隱八》「因生以賜姓，胙之以土而命之氏。」（戰國古文字
典〔M〕，北京：中華書局，1998：750）

湯余惠，賴炳偉，徐在國，吳良寶：是。（戰國文字編〔M〕，福州：福建
人民出版社，2001：89）

黃德寬　等　是　侯馬三一八，麻臺非～

～，從早，止聲，所從早活在橫筆上加▶形飾筆作𣅀、𣅉。戰國文字
～或偽作從日、從正，乃《說文》篆文所本。盟書～，讀氏。～、氏
二字古音近相通。《儀禮・覲禮》「太史～右」，注「古文～爲氏。」《戰
國策・齊策》三「魏取伊～」，鮑本～作氏，「麻夷非～」就是滅彼族
氏的意思。（古文字譜系疏證〔M〕，北京：商務印書館，2007：2033
～2034）

過　🖎九八：二〇（1）、🖎六七：五四（1），～

《侯馬盟書・字表》336 頁：迵。

陳漢平　盟書有人名字作🖎，字表釋迵，未確。按《說文》：「𦮙，剔人肉，
置其骨也，象形。頭隆骨也。凡𦮙之屬皆從𦮙。古瓦切。」「喎，口戾
不正也，從口，𦮙聲。苦媧切。」甲骨文𦮙字作🖎；金文䖨字作🖎；過
字作🖎、🖎；古璽文過字作🖎（《古璽彙編》2004：郵過），故盟書此
字當釋爲過。（侯馬盟書文字考釋〔M〕，屠龍絕緒，哈爾濱：黑龍江
教育出版社，1989，10：351）

吳振武　「內室類」67：54 有參盟人🖎。🖎字《字表》釋爲「迵」（319
頁）。按此字釋「迵」不確，我們認爲此字當釋爲「過」。「𦮙」旁作🖎

形在戰國文字中是可以得到證明的。如仰天湖楚簡 7 號簡中的「骨」字作 （《長沙仰天湖出土楚簡研究》7 頁）；古璽文中的「瘖」字作 （《古徵》7‧7）、「猾」字作 （同上附錄 45）等等即其證。另外，馬國權先生在《古璽文字初探》（中國古文字研究會 1980 年年會論文）一文中曾引古璽文「過」字作 ，這更是我們把 釋爲「過」的直接證據。（讀侯馬盟書文字劄記〔M〕，中國語文研究（香港）‧6 期，1984，5：14～15）

曾志雄　迴：見《侯馬盟書》頁 57，《附錄》第 109 號。原字作 （67：54），吳振武據古文字的「同」或「同」旁以及侯馬盟書「興」、「瘖」等字所從的「同」都不重疊作 ，認爲此字不應釋「迴」。相反，戰國文字中「骨」字的上旁作 ，而馬國權所引古璽之「過」字，正與盟書此字同形，因此主張此字釋爲「過」。今從吳說。（侯馬盟書中的人名問題〔C〕，容庚先生百年誕辰紀念文集，廣州：廣東人民出版社，1998，4：501）

按：吳振武先生之說可從。

逆　一五六：二（1），～

何琳儀　逆　侯馬一五六，～（戰國古文字典〔M〕，北京：中華書局，1998：513）

黃德寬 等　逆　侯馬三一九，～
戰國文字～，除人名外，多讀屰。（古文字譜系疏證〔M〕，北京：商務印書館，2007：1444）

迪　八六：一（1），～

《侯馬盟書‧字表‧殘字》382 頁：八六：一。

陳漢平　盟書有人名字作 ，字表未釋。據《古文四聲韻》三十七號韻導字作 ， 二體，知此字當釋爲導。（侯馬盟書文字考釋〔M〕，屠龍絕緒，哈爾濱：黑龍江教育出版社，1989：358）

何琳儀　迪　侯馬三六五，～

《說文》：「～，道也。從辵，由聲。」侯馬盟書～，人名。（戰國古文字典〔M〕，北京：中華書局，1998：209）

黃德寬 等　迪　侯馬三六五，～

侯馬盟書～，人名。（古文字譜系疏證〔M〕，北京：商務印書館，2007：588）

按：何琳儀先生之說可從。

通　德一七九：二○（4），～歌

何琳儀　通　侯馬三四六，～歌

《說文》：「～，達也。從辵，甬聲。」辵或省作止旁。侯馬盟書～，姓氏。衛大夫食采～川，因氏焉。見《元和姓纂》。（戰國古文字典〔M〕，北京：中華書局，1998：423）

湯余惠，賴炳偉，徐在國，吳良寶：通。（戰國文字編〔M〕，福州：福建人民出版社，2001：95）

黃德寬 等　通　侯馬三四六，～歌

侯馬盟書～，姓氏。見《元和姓纂》。（古文字譜系疏證〔M〕，北京：商務印書館，2007：1185）

迷　迷一：五三（1），～敓

何琳儀　迷　侯馬三一九，～敓

侯馬盟書～，姓氏。舜後有～氏。見《路史》。（戰國古文字典〔M〕，北京：中華書局，1998：1304）

黃德寬 等　迷　侯馬三一九，～敓

侯馬盟書～，姓氏。《姓觿·齊韻》「《姓纂》云：羌種～吾之後。《漢書》有～唐。」（古文字譜系疏證〔M〕，北京：商務印書館，2007：3195～3196）

逞 [字形]九二：六（1），～

何琳儀　逞　侯馬三二五，～

　　～，從辵，呈聲。戰國文字～，人名。（戰國古文字典〔M〕，北京：
　　中華書局，1998：803）

湯余惠，賴炳偉，徐在國，吳良寶：逞。（戰國文字編〔M〕，福州：福建
　　人民出版社，2001：101）

黃德寬　等　逞　侯馬三二五，～

　　～，從辵，呈聲。侯馬盟書～，人名。（古文字譜系疏證〔M〕，北京：
　　商務印書館，2007：2159）

道　一、[字形]九一：五（8）、[字形]一五六：一九（8），*視之行～*。二、[字形]九二：二（1），*敢不用丌～心*

陶正剛，王克林　「道」字和籀文道有相似之處，和金文《散盤》之道相
　　似。《說文》：「道，所行道也，從辵，從首。」（侯馬東周盟誓遺址〔J〕，
　　文物，1972，4：31）

曾志雄　「道」字從「從辵首」（《說文》頁75下），也同於小篆。但盟書
　　除二例作「從辵首」外，也有更多的例子「從辵百」（15例），成為主
　　流字形；一例「從辵舀」（18：1）。（侯馬盟書研究〔D〕，香港：香港
　　中文大學研究院中文學部博士論文，1993：193）

何琳儀　道　侯馬三三一，遇之行～；敢不用丌～心

　　侯馬盟書「～心」，即「腹心」。～為腹之誤字，且均屬幽部。（戰國古
　　文字典〔M〕，北京：中華書局，1998：194）

湯余惠，賴炳偉，徐在國，吳良寶：道。（戰國文字編〔M〕，福州：福建
　　人民出版社，2001：102）

黃德寬　等　道　侯馬三三一，見之行～；徟之行～；竆之行～；□□行
　　～；敢不閖丌～心

　　侯馬盟書「～心」，即「復（腹）心」之誤。（古文字譜系疏證〔M〕，
　　北京：商務印書館，2007：535～536）

※遹　🖼️九二：二七（1），恤～

黃德寬 等　遹　侯馬三二〇，恤～

　　侯馬盟書「恤～」，爲參盟人名。（古文字譜系疏證〔M〕，北京：商務
　　印書館，2007：73～74）

　　按：《古文字譜系疏證》中的「恤」應爲「恤」。

※達　🖼️六七：一（1），～從

山西省文物工作委員會　達從——達，「率」字的繁體字。《左傳・宣公十
　　二年》：「今鄭不率。」注：「率，遵也。」率從、遵從的意思。（張頷，
　　陶正剛，張守中，侯馬盟書〔M〕，太原：山西古籍出版社，2006 年
　　增訂本：40，亦見：山西省文物工作委員會，侯馬盟書〔M〕，北京：
　　文物出版社，1976 第一版）

曾志雄　達從：即「率從」，依從或遵從之意，見第三章。本類盟書又有作
　　「從」（67：20）的，所以「率從」是個同義聯合式複詞。（侯馬盟書
　　研究〔D〕，香港：香港中文大學研究院中文學部博士論文，1993：199
　　～200）

何琳儀　達　侯馬三四五，～從此盟晢之言
　　侯馬盟書「～從」，讀「率從」。《詩・小雅・采菽》「平平左右，亦是
　　率從。」箋「率，循也。」（戰國古文字典〔M〕，北京：中華書局，
　　1998：1282）

黃德寬 等　達　侯馬三四五，～從此盟晢之言
　　～，金文從辵，率聲，戰國文字承襲金文。侯馬盟書「～從」，遵從。
　　《字彙・辵部》「～，遵也。」（古文字譜系疏證〔M〕，北京：商務印
　　書館，2007：3269～3270）

※迵　🖼️三：九（3），～毀

湯余惠，賴炳偉，徐在國，吳良寶：通。（戰國文字編〔M〕，福州：福建
　　人民出版社，2001：95）

黃德寬　等　迵　侯馬三四六，～欤

　　侯馬盟書～，讀通，姓氏。見《元和姓纂》。(古文字譜系疏證〔M〕，
　　北京：商務印書館，2007：1181～1182）

按：甬、用，上古為東部喻紐，雙聲疊韻，互為通假，如：郭店楚簡《性
　　自命出・簡42～43》：「凡甬(用)心之枭者，思為甚。」故迵亦為通。

※遃　遃一八：一(8)，～

湯余惠，賴炳偉，徐在國，吳良寶：遃。(戰國文字編〔M〕，福州：福建
　　人民出版社，2001：113）

復　一、復一：一四(2)、復二○○：二七(5)，～趙狐及其子孫。二、
　　復一：七六(1)，敢不鬥其～心

劉翔　等　遑：同「復」，返回。此處用為使動。(侯馬盟書〔M〕，商周古
　　文字讀本，北京：語文出版社，1989，9：208）

湯余惠　復，它辭又作「復入」，《春秋・成公十八年》：「宋魚石復入于彭
　　城。」《左傳》云：「書曰『復入』，凡去其國，國逆而立之曰『入』，……
　　以惡曰『復入』。」盟書「復」、「復入」意同，皆指逃亡國外的敵人重
　　回故土。(侯馬盟書〔M〕，戰國銘文選，長春：吉林人民出版社，1993，
　　9：197）

曾志雄　復：《侯馬盟書》未釋，陳夢家《東周盟誓與出土載書》認為可
　　有兩種解釋：一為復位，引《史記・趙世家》「趙氏復位」為例；一
　　為回還，引《左傳》宣公二年趙宣子「遂自亡也……宣子未出山而復」
　　為例。(頁275）作者在該文中主張採用後者。按陳氏此說，實與楊
　　伯峻《春秋左傳詞典》把「復」釋為「返回、回行」(頁608）相同，
　　可以接受；不過，「復」字在本篇盟書作「而敢又(有)志復趙尼及
　　其子孫……於晉邦之地者」，有使動意味，若釋作「使……回還」，則
　　更能符合句中意義。

　　復字在《侯馬盟書》字表中有五十四種寫法，基本上從「辵」「复」聲
　　(177例），也有不從「辵」而人「彳」(20例），從「止」(1例）的，

可說是「辵、彳、止」偏旁通用。此外，也有作「腹」（23 例）和作「复」（1 例）的，前者與上文「腹」寫作「復」情況相同，屬字形分化後出現的同音通假例子；後者應是「復」的古老形式。張日昇認爲「复、復」本爲一字（《金文詁林》卷二頁 215），從甲骨文及西周晚期金文「復」作「复」（見《古文字類篇》頁 117），以及「复」字在古文字中可構成「复(腹)」、「鍑」、「嫂」等形聲字看，「复」是個能產的聲符，張說應當有理。上述各種字形中，部分在「复」旁之下還有加「口」形的，我們認爲這是無義的「偏旁贅增」。（侯馬盟書研究〔D〕，香港：香港中文大學研究院中文學部博士論文，1993：89、91）

何琳儀　復　侯馬三三一、三三二，～趙巛及其子孫。侯馬三四〇，敢不閛其～心

侯馬盟書～，反復。侯馬盟書～，讀腹。見腹字。（戰國古文字典〔M〕，北京：中華書局，1998：251～253）

湯余惠，賴炳偉，徐在國，吳良寶：復。（戰國文字編〔M〕，福州：福建人民出版社，2001：114）

黃德寬 等　復　侯馬三三一、三三二，～趙巛及其子孫；侯馬三四〇，敢不閛其～心

～，复之繁文。《說文》：「～，往來也。從彳，复聲。」古文字或作𨑩、𨒥，止、辵、與彳意近可通。夊或置於畐上，或從二夊，或增口、心。畐或僞作百、目、辛等形，或省作日、亯等形。侯馬盟書「～趙巛」之～，回復，「～心」之～，讀腹。見「腹」字。（古文字譜系疏證〔M〕，北京：商務印書館，2007：717～719）

往（迬）　六七：二一（1），自今以～

何琳儀　往　侯馬三一七，自今以～

盟書「以～」、「台～」，均讀「以往」。（戰國古文字典〔M〕，北京：中華書局，1998：251～253）

湯余惠，賴炳偉，徐在國，吳良寶：往。（戰國文字編〔M〕，福州：福建

人民出版社，2001：115）

黃德寬 等　徃　侯馬三一七，自今以～

～，從辵，坒聲。往之繁文。見往字。或省辵爲止。盟書「以～」、「台～」，均讀「以往」。（古文字譜系疏證〔M〕，北京：商務印書館，2007：1746～1747）

按：～，往之古文，見《說文》。

徟　䢓三：二六（9），～之行道

黃德寬 等　徟　侯馬三二五，～之行道

侯馬盟書～，讀逢。（古文字譜系疏證〔M〕，北京：商務印書館，2007：1233）

待　𢓊一六：九（4），定公平～之命

黃德寬 等　待　侯馬三二二，定公平～之命

侯馬盟書「平～」，讀「平時」，地名。（古文字譜系疏證〔M〕，北京：商務印書館，2007：95）

後（迻）　𢓛三：二○（7）、𢓜二○三：一一（6），既質之～

陶正剛，王克林　「後」，《說文》「遲也」，即以後。（侯馬東周盟誓遺址〔J〕，文物，1972，4：31）

曾志雄　後，盟書寫法和《說文》的小篆相同，「從彳、幺、夂」；但盟書「後」字從「彳」之外，也有從「辵」的，這是「彳、辵」偏旁通用的用例，《說文》把從「辵」的「後」字視爲古文，應該是相對於小篆立論的。盟書從「彳」的「後」字有三例，從「辵」的二十二例，與上文「復」字從「彳」少而從「辵」多相同，後者屬主流字形；但無論從「彳」或從「辵」，都有加無義偏旁的「口」形各一例，和上文「腹」字或「復」字所加的類似。黃錫全指出，甲骨文「後」字本作「妾」，金文《令簋》加「彳」，《杕氏壺》從「辵」，（《利用〈汗簡〉考釋古文》

頁146）後二者應該是「委」的後起形聲字。侯馬盟書不見「委」字，顯然是「委」出現得早，時間效度使它消失的緣故，可見侯馬盟書「後」字已完成了形聲化的過程。（侯馬盟書研究〔D〕，香港：香港中文大學研究院中文學部博士論文，1993：188）

何琳儀　後　侯馬二〇三，既質之～

　　侯馬～，表示時間。（戰國古文字典〔M〕，北京：中華書局，1998：251～253）

黃德寬 等　後　侯馬三二二，既質之～

　　戰國文字～，用其本意。（古文字譜系疏證〔M〕，北京：商務印書館，2007：925）

黃德寬 等　逡　侯馬三二二，既質之～

　　～，從辵，委聲。後之繁文。委、後、～，一字之孳乳。（古文字譜系疏證〔M〕，北京：商務印書館，2007：926）

按：逡爲後之古文，可置入後字條。

※復　一：七（1），敢不闌其～心

黃德寬 等　復　侯馬三三二，～趙佤及其子孫

　　～，從彳（或辵），腹聲。腹之繁文。侯馬盟書～，讀復或腹。見「復」、「腹」二字。（古文字譜系疏證〔M〕，北京：商務印書館，2007：721）

※徚　九二：二三（4），群～盟者

湯余惠，賴炳偉，徐在國，吳良寶：徚。（戰國文字編〔M〕，福州：福建人民出版社，2001：120）

黃德寬等　徚　侯馬三四六，群～盟者

　　～，從彳，虖聲。侯馬盟書「～盟」，讀「詛盟」。見虖字。（古文字譜系疏證〔M〕，北京：商務印書館，2007：1282）

按：盟書中「～盟」，讀「鱸盟」。詳見本論文「虖」字。

※徆　徆九二：一一（4），明～睨之

何琳儀　徆　侯馬三二〇，明～睨之

～，從彳，亟聲。《搜眞玉鏡》「～，居逆切。」侯馬盟書「～睨」，讀「極視」。見亟字。（戰國古文字典〔M〕，北京：中華書局，1998：33）

湯余惠，賴炳偉，徐在國，吳良寶：徆。（戰國文字編〔M〕，福州：福建人民出版社，2001：118）

黃德寬 等　徆　侯馬三二〇，明－睨之

～，從彳，亟聲。《搜眞玉鏡》「～，居逆切。」疑亟之繁文。侯馬盟書「～睨」，讀「極視」，參見「亟」。（古文字譜系疏證〔M〕，北京：商務印書館，2007：73）

按：～，從彳（爲增繁的無義偏旁），亟聲。盟書中～，讀殛，參見「殛」。

※憁　憁六七：二一（2），明～睨之

湯余惠，賴炳偉，徐在國，吳良寶：徆。（戰國文字編〔M〕，福州：福建人民出版社，2001：118）

黃德寬 等　憁　侯馬三二〇，明～睨之

～，從彳，愐聲。愐之繁文。侯馬盟書「～睨」，讀「極視」，參見「亟」。（古文字譜系疏證〔M〕，北京：商務印書館，2007：74）

按：盟書中～，讀殛，參見「殛」。

※僕　僕二〇二：九（7），麻～非是

何琳儀　僕　侯馬三二一，麻～非是

侯馬盟書～，讀夷。見夷字。（戰國古文字典〔M〕，北京：中華書局，1998：1239）

黃德寬 等　僕　侯馬三二一，麻～非是

～，從彳，臺聲，古徲字。侯馬盟書～，讀作夷。參見「夷」。（古文字譜系疏證〔M〕，北京：商務印書館，2007：3043）

按：《侯馬盟書・字表》338 頁、《戰國古文字典》、《古文字譜系疏證》皆

說此字出自二〇三：九。可二〇三：九，沒有圖版和摹本。今查此編
號應爲徏二〇二：九（7）。以上諸書均應改正。

※徦 徦一八五：一（6），～之行道

湯余惠，賴炳偉，徐在國，吳良寶：遇。（戰國文字編〔M〕，福州：福建
　　人民出版社，2001：95）

黃德寬 等 徦 侯馬三二六，～之行道

　　從彳，禺聲。疑遇之省文。侯馬盟書～，讀遇。（古文字譜系疏證〔M〕，
　　北京：商務印書館，2007：965）

按：～，從彳，從禺，古文字中彳、辵可通用，疑遇之異體。盟書中～，
　　讀遇，相逢；不期而會的意思，《書・胤征》：「入自北門，乃遇汝鳩 、
　　汝方。」孔傳：「不期而會曰遇。」《史記・高祖本紀》：「還至栗，遇
　　剛武侯，奪其軍。」

※徢 徢一五六：二五（2）、徢三：二一（2），比～

陳漢平 盟書有人名字作徢，字表釋迂，未確。按此字當隸定作遆或遆，
　　乃彶字異體。此字亦可釋爲遠，《說文》：「遠，遼也。從辵，袁聲。」
　　（侯馬盟書文字考釋〔M〕，屠龍絕緒，哈爾濱：黑龍江人民出版社，
　　1989，10：349）

何琳儀 徢 侯馬三一〇，𪗱～

　　～，辵（或省作彳），䍃聲。疑跢之異文。《玉篇》「跢，踰也。」侯馬
　　盟書～，人名。（戰國古文字典〔M〕，北京：中華書局，1998：934
　　～935）

湯余惠，賴炳偉，徐在國，吳良寶：徢。（戰國文字編〔M〕，福州：福建
　　人民出版社，2001：119）

黃德寬 等 徢 侯馬三一〇，比～

　　～，辵（或省作彳），䍃聲。盟書～或作䍃。侯馬盟書～，人名。（古
　　文字譜系疏證〔M〕，北京：商務印書館，2007：2467）

按：《古文字譜系疏證》之說可從。

※値　九二：三四（3），比～

何琳儀　値　侯馬三四七，比～

　　～，從彳，直聲。《玉篇》「～，施也。」侯馬盟書～，人名。（戰國古文字典〔M〕，北京：中華書局，1998：67）

黃德寬 等　値　侯馬三四七，比～

　　～，從彳，直聲，乃直字繁文，德字初文。～，古通陟。《集韻》「陟，《說文》『登也。』或作～。」侯馬盟書～，人名。（古文字譜系疏證〔M〕，北京：商務印書館，2007：152）

行　三：二二（7），遇之～道

陶正剛，王克林　「行」和金文同。（侯馬東周盟誓遺址〔J〕，文物，1972，4：31）

曾志雄　行道：《爾雅・釋宮》：「路、場、猷、行，道也。」（《爾雅注疏》頁74下），因此「行道」是個同義聯合複詞，其意義就是「道路」的意思。

　　盟書「行」字「從彳亍」（《說文》頁78上），同於小篆。

　　「竄之行道」3：24片作「見之于行道」，顯然這句省略了介詞「于」。（侯馬盟書研究〔D〕，香港：香港中文大學研究院中文學部博士論文，1993：193）

何琳儀　行　侯馬三○七，遇之～道

　　侯馬盟書「～道」，見《詩・大雅・緜》「～道兌矣。」（戰國古文字典〔M〕，北京：中華書局，1998：623～624）

黃德寬 等　行　侯馬三○七，遇之～道

　　侯馬盟書「～道」，見《詩・大雅・緜》「～道兌矣」。（古文字譜系疏證〔M〕，北京：商務印書館，2007：1729～1731）

槑　🐦一：八五（1），～

《侯馬盟書・字表》328 頁：枼。

陳漢平　盟書有人名字作🐦、🐦，字表釋枼，未確。此字從品，從木，當
　　釋爲槑。《說文》：「品，眾庶也。從三口。凡品之屬皆從品。」「🐦，
　　鳥群鳴也。從品在木上。」（侯馬盟書文字考釋〔M〕，屠龍絕緒，哈
　　爾濱：黑龍江教育出版社，1989，10：349）

按：陳漢平先生之說可從。

《侯馬盟書文字集釋》卷三

十　**十**一六：三（1），～又一月

山西省文物工作委員會　十又一月甲寅朏，乙丑——朏，音配（pèi），是
　　新月初見的月相。意思是說，十一月甲寅那天見到新月，經過了十一
　　天，在乙丑的那一天舉行這次盟誓。（張頷，陶正剛，張守中，侯馬盟
　　書〔M〕，太原：山西古籍出版社，2006 年增訂本：32，亦見：山西
　　省文物工作委員會，侯馬盟書〔M〕，北京：文物出版社，1976 第一
　　版）

曾志雄　十又一月：即十一月。侯馬盟書爲晉國遺物，已無疑問；若比照
　　春秋時晉國金文資料，則晉國所用曆法爲夏曆，此十一月當爲周曆（平
　　年）正月。

　　十字在侯馬盟書中只出現一次，作「**十**」形，這是戰國以前金文十字的
　　寫法。戰國時代十字一般都作「十」，目前三晉文字中最早作「十」形
　　的十字見於《安邑下官鍾》，大約在梁惠王遷都大樑（西元前 361 年）
　　之前。侯馬盟書的十字雖然只有一次，但從盟書「皇」字（見圖二）、
　　「冑」字的頭頂筆劃看，侯馬盟書的「**十**」形是可以寫成「十」的。（侯
　　馬盟書研究〔D〕，香港：香港中文大學研究院中文學部博士論文，

1993：42）

何琳儀　十　侯馬二九八，～又一月

戰國文字～，數字。（戰國古文字典〔M〕，北京：中華書局，1998：
1375～1377）

趙世綱，羅桃香　張頷先生在《侯馬盟書曆朔考》中將「十又一月甲寅
朒，乙丑」推定爲晉定公十六年十一月十三日，這無疑是正確的。（論
溫縣盟書與侯馬盟書的年代及其相互關係〔C〕，汾河灣——丁村文
化與晉文化考古學術研討會文集，太原：山西高校聯合出版社，1996，
6：158～159）

言　👹一六：三（5）、👹七九：六（1）、👹六七：一六（1），從（韋書
或盟誓）之～

曾志雄　「言」字是「盟」的意思，已見第一章注〔18〕，在這裏應即「誓
言」，並見《春秋左傳詞典》頁338。
　　「言」字有二十例寫作「言」，三例寫作「音」，這是「言、音」互用；
其中十七例作「言」的、二例作「音」的，在頂劃上都加了短橫劃，
屬新興形式。（侯馬盟書研究〔D〕，香港：香港中文大學研究院中文
學部博士論文，1993：199）

諭　👹三：一九（1）、👹三：二一（1）、👹七九：一（1）、👹七九：七
（1），敢～出入

何琳儀　諭　侯馬三二一，敢～出入
侯馬盟書～，讀踰。見俞字。（戰國古文字典〔M〕，北京：中華書局，
1998：374）

黃德寬　等　諭　侯馬三二一，敢～出入
侯馬盟書～，讀踰。見俞字。（古文字譜系疏證〔M〕，北京：商務印
書館，2007：1017～1018）

諱　諱六七：四〇（1），～

何琳儀　諱　侯馬三五〇，～

　　侯馬盟書～，人名。（戰國古文字典〔M〕，北京：中華書局，1998：
　　1177）

湯余惠，賴炳偉，徐在國，吳良寶：諱。（戰國文字編〔M〕，福州：福建
　　人民出版社，2001：139）

黃德寬 等　諱　侯馬三五〇，～

　　侯馬盟書～，人名。（古文字譜系疏證〔M〕，北京：商務印書館，2007：
　　2870～2871）

詛　詛一〇五：一（4），～蠱

何琳儀　詛　侯馬三六七，～蠱

　　侯馬盟書～，見《廣雅》「～，呪也。」（戰國古文字典〔M〕，北京：
　　中華書局，1998：570）

黃德寬 等　詛　侯馬三六七，～蟲

　　侯馬盟書～，見《廣雅》「～，呪也」。（古文字譜系疏證〔M〕，北京：
　　商務印書館，2007：1594）

諄（讙）　讙一：五九（1），～

《侯馬盟書・字表・殘字》378頁：讙一：五九。

黃德寬 等　讙　侯馬三六一，～

　　～，從言，雚聲，諄之異文。參見「雚」。侯馬盟書～，人名。（古文
　　字譜系疏證〔M〕，北京：商務印書館，2007：3280）

※訮　訮一：八九（1），～

《侯馬盟書・字表》358頁：訮。

吳振武　「宗盟類」1：89 有參盟人訮。訮字《字表》釋爲「訮」。按此字

釋「訮」不確，應當釋爲「訸」。

盟書中的![]字顯然是從「並」而不從「开」，所以不能釋爲「訮」。「並」字本從「從」，盟書中「從」字所從的「從」旁作![]，便是我們釋![]爲「並」的一個直接證據。「訸」字見於後世字書。《集韻》中的「訸」字，《正字通》以爲即俗「詳」字。（讀侯馬盟書文字箚記〔M〕，中國語文研究（香港）‧第 6 期，1984，5：16）

曾志雄 訸：見《侯馬盟書》第 56 頁，《附錄》第 69 號。原字作![]，左邊非從二「干」；吳振武引於省吾說，以爲此字右旁從「從」加短劃，即「並」旁。今從吳說。（侯馬盟書中的人名問題〔C〕，容庚先生百年誕辰紀念文集，廣州：廣東人民出版社，1998，4：501）

何琳儀 訸 侯馬三四一，～

～，從言，並聲。《字彙》「～，說也。」

侯馬盟書～，人名。（戰國古文字典〔M〕，北京：中華書局，1998：832）

湯余惠，賴炳偉，徐在國，吳良寶：訸。（戰國文字編〔M〕，福州：福建人民出版社，2001：152）

黃德寬 等 訸 侯馬三四一，～

～，從言，並聲。《字彙》「～，說也。」侯馬盟書～，人名。（古文字譜系疏證〔M〕，北京：商務印書館，2007：2216）

按：吳振武先生之說可從。

※詨 ![]二〇〇：二三（1）、![]三：二七（3），郳～

曾志雄 詨，宋本《玉篇》有此字，云：「詨，許教切。大嘑也，呼也，喚也。又呼交切。」（頁 171）羅振玉本《玉篇‧言部》云：「詨，詡教反。《山海經》『鵲鳥鳴自詨。』郭璞曰：『今吳人謂叫嘑爲詨。』字書『嗃』字在口部，以此爲或『交』字也。」（《原本玉篇殘卷》頁 40）黎庶昌本《玉篇‧言部》同，見《原本玉篇殘卷》頁 240。從殘卷《玉篇》注語看，「詨、嗃、交」似乎是通用的。盟書「詨」字有二十六例，

其中二十三例作「從言交聲」，三例作「從音交聲」；從「音」的應是
新興形式，見上文「侃」字的討論。（侯馬盟書研究〔D〕，香港：香
港中文大學研究院中文學部博士論文，1993：179）

何琳儀　詨　侯馬三四一，刜〜

〜，從言，交聲。《集韻》「〜，呼也。」侯馬盟書〜，人名。（戰國古
文字典〔M〕，北京：中華書局，1998：296）

湯余惠，賴炳偉，徐在國，吳良寶：詨。（戰國文字編〔M〕，福州：福建
人民出版社，2001：152）

黃德寬　等　詨　侯馬三四一，刜〜

〜，從言，交聲。《集韻》「〜，呼也。」侯馬盟書〜，人名。（古文字
譜系疏證〔M〕，北京：商務印書館，2007：800）

韶　一、𤬣一七九：一三（3），〜陛。二、𤬣探八□：二（4），〜茎

《侯馬盟書·字表》333頁：詔。

何琳儀　韶　侯馬三一六，〜茎；〜陛

侯馬盟書〜，讀韶，姓氏。開封有此姓，望出太原。見《姓苑》。晉有
中牟令韶石，見《萬姓統譜》。（戰國古文字典〔M〕，北京：中華書局，
1998：305）

黃德寬　等　韶　侯馬三一六，〜茎；〜陛

侯馬盟書〜，讀韶，姓氏。開封有此姓，望出太原。見《姓苑》。晉有
中牟令韶石，見《萬姓統譜》。（古文字譜系疏證〔M〕，北京：商務印
書館，2007：829）

按：〜，從音，召聲。何、黃兩位先生將其從《侯馬盟書·字表》「詔」字
中分出來，甚是。

章　一、𤬣一五六：二〇（1），盦〜。二、𤬣一六：三七（1），〜

張頷　〜為祭祀之人名。（侯馬東周遺址發現晉國朱書文字〔J〕，文物，
1966，2：1）

郭沫若　盟首「～」字當即趙敬侯～。其他不同的人名字是與敬侯同時歃盟的人。由此可見，古時涖盟，除總序外，人各具一盟書，盟文相同，而人名各異，不是把所有涖盟者之名字寫在一通盟文之上。（侯馬盟書試探〔J〕，文物，1966，2：4）

陳夢家　篇首第一個字是人名，各片不同，59 片應有 59 名，乃是與盟者的私名。據張文所摹錄的有～（23 號）武（25 號）產（16 號）蘭（5 號）和侃梁（9 號）等七名。他們大多數是單名，且不附姓氏官名，因此不能和史書上同名的人核對。（東周盟誓與出土載書〔J〕，考古，1966，2： 274）

陶正剛，王克林　「章」即「盦章」。（侯馬東周盟誓遺址〔J〕，文物，1972，4：31）

李裕民　每片盟書的開頭都寫上與盟者的名，如章、產、武等，但不書姓氏和宮爵，怎麼知道這個名「章」的人一定姓趙？即便姓趙，趙武靈王的太子也名章，不見於史書的同姓名的人也可能還有，怎麼能判定他就是趙敬侯章？（我對侯馬盟書的看法〔M〕，考古，1973，3：185）

高明　「章顗嘉之身及子孫」；盟詞乃謂終嘉之身及子孫，而敢或將趙化及其子孫等複入於晉國者，則永亟視之，麻夷非是。（載書〔M〕，中國古文字學通論，北京：北京大學出版社，1996，6：429）

何琳儀　章　侯馬三二七，盦～（戰國古文字典〔M〕，北京：中華書局，1998：649）

黃德寬 等　章　侯馬三二七，盦～
　～，從辛，從日，會意不明。或說暲之初文，見暲字。（古文字譜系疏證〔M〕，北京：商務印書館，2007：1804～1805）

按：盟書中～，或盦～，爲參盟者人名。郭沫若先生認爲「盟首『～』字當即趙敬侯～」，筆者認爲還缺乏確鑿證據支持這一觀點，恐非是。

妾 𢆶一九八：一〇（1），～與

何琳儀　妾　侯馬三一一，～與

侯馬盟書～，姓氏。～胥，漢人。見《萬姓統譜》。（戰國古文字典〔M〕，北京：中華書局，1998：1436）

湯余惠，賴炳偉，徐在國，吳良寶：妾。（戰國文字編〔M〕，福州：福建人民出版社，2001：160）

黃德寬 等　妾　侯馬三一一，～與

　　侯馬盟書～，姓氏，～胥，漢人，見《萬姓統譜》。（古文字譜系疏證〔M〕，北京：商務印書館，2007：4005～4006）

奉　一〇五：一（1），□～

湯余惠，賴炳偉，徐在國，吳良寶：奉。（戰國文字編〔M〕，福州：福建人民出版社，2001：161）

奐（𡙻）　一：二（2）、二〇〇：一五（4），**而敢或奐改助及～**

陳夢家　哀字摹本從衣，衣中所從不清。「哀卑」二字不解，似應屬下不守二宮。（東周盟誓與出土載書〔J〕，考古，1966，2：275）

郭沫若　「𡚾」或從𡗆，作奐。（見曬藍本第十五片）說文：「奐，取奐也」，即是改換之換。字或從衣作，（見曬藍本第十八、二十六、二十七片）衣內所從不明，當即《集韻》袇字，亦作衻，「音販，同襻，衣系也。」與奐音相近，故通用。「奐卑」連文，當讀爲瘓痹，漢人作骪骳，見《漢書·枚乘傳》，枚乘之子枚皋「爲賦頌嫚戲」，自詆「其文骪骳」。顏師古注：「骪古委字也，骳音被，骪骳猶言屈曲也」。其實即是頑皮。委字古音讀爲倭。倭丸，陰陽對轉——同一韻母，末附 n 或 ng 者爲陽聲，不附者爲陰聲，此兩種字可以互相轉變，古音韻學家稱爲「陰陽對轉」。（新出侯馬盟書釋文〔M〕，郭沫若全集·考古編·第 10 卷·考古論集，北京：科學出版社，1972：159～160）

唐蘭　助及奐，大概是兩個人名，是守二宮的，所以說奐改助及奐，使他們不守二宮。（侯馬出土晉國趙嘉之盟載書新釋〔J〕，文物，1972，8：32）

山西省文物工作委員會　佡——盟書中或作「奐」、「宛」、「袁」，音換（huàn），當通於「改換」的「換」字，或「渙散」的「渙」字。《易‧序卦》：「渙者，離也。」《說文》：「渙，流散也。」又：「換，易也。」都是易遷離散的意思。（「侯馬盟書」注釋四種〔J〕，文物，1975：5：20，亦見：張頷，陶正剛，張守中，侯馬盟書〔M〕，太原：山西古籍出版社，2006 年增訂本：35，亦見：山西省文物工作委員會，侯馬盟書〔M〕，北京：文物出版社，1976 第一版）

劉翔　等　佡：此字在同出盟書中又寫作「奐」，通「渙」，離散。此指背離盟誓。（侯馬盟書〔M〕，商周古文字讀本，北京：語文出版社，1989，9：208）

劉釗　侯馬盟書奐字作「窊」，又省作「朩」。（璽印文字釋叢（一）‧釋「悛」〔M〕，古文字考釋叢稿，長沙：嶽麓書社，2005：160，亦見：考古與文物〔J〕，1990，2：44～49）

余聞榮　侯馬載書中有朩字，作人名。載書云「而敢或俶改助及朩」，此字或從衣作袞，《侯馬盟書》據此字有二例從𠬞作奐，釋作奐，不確，此字據《侯馬盟書字表》統計，作朩、朩者合計 128 例，作奐、奐者合計 94 例，可知此字之正例當作朩或奐。此字從衣可從兩個方面理解：一是朩之含義與衣有關，幫附加義符；二是袞字本爲一從衣，朩聲之字，古時記人名多無定字，同音字常可替代。案朩字即今之免字，袞字可隸定爲裞，爲冕字之異體。（釋免——兼說冕兜冂日冃弁〔J〕，中國歷史文物，1993，1：6～7）

曾志雄　佡字在盟書中以作佡形爲主，將近一百三十例：也有作袁（例如 3：13）、作奐（例如 200：15）的，前者九十三例，後者二例。我們認爲，袁字是增加形旁所構成的形聲字，而奐字則屬較爲古老的寫法。至於盟書常見的佡字，可能是由「奐」到「袁」的過渡形式。

由於本句中佡、袁是同一字的不同形體，因此參盟人名袁（1：58）、佡（16：32）《侯馬盟書》雖視之爲二人（頁 55，57），我們在《附錄三》人名表仍合爲一人。有關情況可參閱《附錄三》14 號人名。（侯馬盟

書研究〔D〕，香港：香港中文大學研究院中文學部博士論文，1993：
84～85）

何琳儀　奐（偽）侯馬三二三，而敢或㪅改助及～

侯馬盟書～，讀換。《說文》「換，易也。從手，奐聲。」（戰國古文字
典〔M〕，北京：中華書局，1998：982）

湯余惠，賴炳偉，徐在國，吳良寶：奐。（戰國文字編〔M〕，福州：福建
人民出版社，2001：161）

黃德寬　等　奐（偽）侯馬三二三，而敢或㪅改助及～

～，金文作（師奐父簋奐字作）。從人，從穴，從祓，會從它人宅
有所取之意。祓亦聲（疊加音符）。所從祓或偽作𡿨形作。戰國文
字承襲金文，其下所從祓均偽作𡿨，或省𡿨旁，奐省作𠂇形。侯馬
盟書～，讀換。（古文字譜系疏證〔M〕，北京：商務印書館，2007：
2580）

按：～，字形分析《古文字譜系疏證》之說可從。盟書中～，應從唐蘭、
余聞榮兩先生之說：～，人名，是守二宮的二人之一。

睪　三：二三（8）、三：二四（1），𢿥綏～之皇君之所

《侯馬盟書·字表》369 頁：擇。

何琳儀　睪　侯馬三五二，𢿥綏～之皇君之所

侯馬盟書～，或作睪、繹。參繹字。（戰國古文字典〔M〕，北京：中
華書局，1998：555）

黃德寬　等　睪　侯馬三五二，𢿥綏～之皇君之所

侯馬盟書～，或作睪、繹。參繹字。（古文字譜系疏證〔M〕，北京：
商務印書館，2007：1546）

按：～，從廾，睪聲。容庚《金文編》：「與擇為一字。從廾與從手同意。」
金文用為選擇義。《侯馬盟書·字表》也釋為擇。盟書中～，讀為繹。
參本論文「繹」字。

興 八五：三五（4），勿～兄弟

何琳儀　槀　侯馬三三八，勿～兄弟

～，從舁，囟聲。～，清紐；囟，心紐。清、心均屬齒音，～爲囟之
准聲首。戰國文字承襲金文。囟或僞作 、 形，或僞作角旁（與觛
旁同形而非一字）。

侯馬盟書～，或作鄰，讀遷。見鬵字。（戰國古文字典〔M〕，北京：
中華書局，1998：1041）

湯余惠，賴炳偉，徐在國，吳良寶：鬵。（戰國文字編〔M〕，福州：福建
人民出版社，2001：168）

黃德寬　等　槀　侯馬三三八，勿～兄弟

侯馬盟書～，讀遷。《爾雅·釋詁下》「遷，徙也。」（古文字譜系疏證
〔M〕，北京：商務印書館，2007：2745）

興 一五六：二二（2）、 一五六：二四（2），比～

何琳儀　興　侯馬三五三，祇～

甲骨文作 （前五·二二·一）。從舁，從凡，會二人四手舉盤形器
之意。或作 （甲二〇三〇），加口形繁化，遂似從同旁。金文作
（～鼎）。戰國文字承襲商周文字。 或省變作 、 ， 或省
變作 、 、 、 。（戰國古文字典〔M〕，北京：中華書局，
1998：134）

黃德寬　等　興　侯馬三五三，祇～

戰國文字～，人名。（古文字譜系疏證〔M〕，北京：商務印書館，
2007：331～333）

餌 一五二：四（1），～

何琳儀　餌　侯馬三四七，～

侯馬盟書～，人名。（戰國古文字典〔M〕，北京：中華書局，1998：
76）

湯余惠，賴炳偉，徐在國，吳良寶：鬻。（戰國文字編〔M〕，福州：福建
　　人民出版社，2001：174）

黃德寬　等　餌　侯馬三四七，～

　　～，從食，耳聲。鬻之異文。侯馬盟書～，人名。（古文字譜系疏證
　　〔M〕，北京：商務印書館，2007：177～178）

按：《說文》中「餌」為「鬻」之或體。

為　一〇五：二（3），～

何琳儀　為　侯馬三二二，～

　　戰國文字～，多為動詞，猶作、造。《爾雅‧釋言》「作、造，為也。」
　　或為介詞，猶被、替，或為連詞，猶與。（戰國古文字典〔M〕，北京：
　　中華書局，1998：836～838）

※袠　九八：一五（1），～

《侯馬盟書‧字表》326頁：狄。

陳漢平　盟書有人名字作、，字表釋狄，係據《三體石經‧僖公》狄
　　字古文作而釋，所釋未確。按石經以字為狄字古文者，純係文字
　　同音通假關係，字實非狄字本字。林澐著《古文字研究簡論》說
　　字為褐字本字，亦未確。字實為褫字本字。《說文》：「褫，奪衣也。
　　從衣，虒聲，讀若池。直離切。」字正像以爪奪衣之意。褫、狄字
　　古音相同，故褫字得假借為狄。（侯馬盟書文字考釋〔M〕，屠龍絕緒，
　　哈爾濱：黑龍江教育出版社，1989，10：349）

黃德寬　等　袠　侯馬三〇九，～

　　～，從爪，從衣，會以手脫衣之意。褐之初文。《說文》「褐，袒也。
　　從衣，易聲。」《玉篇》「褐，脫衣見體也。」三體石經《僖公》狄作，
　　乃假～（褐）為狄。晉文字～，人名。（古文字譜系疏證〔M〕，北京：
　　商務印書館，2007：2044）

按：《古文字譜系疏證》之說可從。

又　一、〔字〕一六：三（1），十～一月。二、〔字〕三：一九（1）、〔字〕一六：
二三（5），而敢～志

陳夢家　「又志複」即有志複。（東周盟誓與出土載書〔J〕，考古，1966，
2：275）

山西省文物工作委員會　又志──又，用作「有」字。有志，在盟書中是
蓄意、企圖的意思。（張頷，陶正剛，張守中，侯馬盟書〔M〕，太原：
山西古籍出版社，2006 年增訂本：35，亦見：山西省文物工作委員會，
侯馬盟書〔M〕，北京：文物出版社，1976 第一版）

劉翔　等　又志：又，通「有」。有志，猶言「蓄意」。（侯馬盟書〔M〕，
商周古文字讀本，北京：語文出版社，1989，9：208）

曾志雄　「又」在古代是用於十數與零數之間類似連接詞性質的虛詞，王
力稱之爲介詞，我們在此稱之爲數字連詞。在金文中，這種「又」又
可以寫作「有」。
又志：即「有志」。《侯馬盟書》謂有志是「蓄意」、「企圖」的意思。（侯
馬盟書研究〔D〕，香港：香港中文大學研究院中文學部博士論文，
1993：44、88）

何琳儀　又　侯馬三〇五，而敢～志
晉器「～志」，讀「有志」，《禮記・禮運》「而有志焉。」（戰國古文字
典〔M〕，北京：中華書局，1998：7～9）

黃德寬　等　又　侯馬三〇五，而敢～志
晉器「～志」，讀「有志」，《禮記・禮運》「而有志焉。」（古文字譜系
疏證〔M〕，北京：商務印書館，2007：23～26）

父　一、〔字〕一：五一（1），歸～。二、〔字〕二〇〇：一（1），直～。三、〔字〕
三：二一（1），白（伯）～。四、〔字〕三：二〇（2），叔～兄弟

曾志雄　「父」字盟書作〔字〕，和甲骨文、金文字形一致，（見《古文字類編》
頁 60）沒有大變化，是個古老而穩定的形式。（侯馬盟書研究〔D〕，
香港：香港中文大學研究院中文學部博士論文，1993：163～164）

何琳儀　父　侯馬三○○，歸～

　　侯馬盟書～，男子之美稱，亦作甫。（戰國古文字典〔M〕，北京：中華書局，1998：593）

湯余惠，賴炳偉，徐在國，吳良寶：父。（戰國文字編〔M〕，福州：福建人民出版社，2001：168）

黃德寬　等　父　侯馬三○○，歸～

　　～，從又持杖，與攴同形。攴、～一字之分化。（古文字譜系疏證〔M〕，北京：商務印書館，2007：23～26）

及　一、𣪊一：一（2），～（其）子孫。二、𣪊一五六：四（4），～群呼盟者。三、𣪊一：一（1），改助～奐

郭沫若　「攴」即夬字，讀為決，決裂也。「攴群」即是破壞團結。（侯馬盟書試探〔J〕，文物，1966，2：5）

陳夢家　及群呼盟者即凡倍犯盟誓的。（東周盟誓與出土載書〔J〕，考古，1966，2：275）

郭沫若　「及群虖明」猶言結黨嘯聚。被列為盟誓的第一項，以示罪惡嚴重。（新出侯馬盟書釋文〔M〕，郭沫若全集・考古編・第10卷・考古論集，北京：科學出版社，1972：155）

湯余惠　及群呼盟者，前面亦應有而（如）字，承前文而省略，可譯為：如果與他人聚眾結盟的話。（侯馬盟書〔M〕，戰國銘文選，長春：吉林人民出版社，1993，9：198）

曾志雄　陳永正指出，作為連詞的「及」，在西周金文中作「眾」，出現約五十餘次，多用為並列連詞，連結兩個名詞，也可以連結兩個片語。（《西周春秋銘文中的聯結詞》頁316～317）可見「及」在此應該是個新形式。及字作為連接詞，在上面盟辭中也偶有出現。

　　及字在盟書中作𣪊，但也有一例作𣪊（156：4）。何琳儀《戰國文字通論》認為前者的「丿」是裝飾符號（頁230），但沒有論及後者。我們發現盟書文字中，偏旁「殳」也有寫作「𣪊」的，例如殺字寫作𣪊（3：

23），右旁就和本篇的及字很相似。因此，156：4 片的及字寫成![字], 大概是和殳旁分別的緣故。（侯馬盟書研究〔D〕，香港：香港中文大學研究院中文學部博士論文，1993：84）

何琳儀　及　侯馬三〇〇，～子孫

戰國文字承襲兩周金文，或加飾筆作![字]……侯馬盟書～，連詞。《爾雅‧釋詁》「～，與也。」（戰國古文字典〔M〕，北京：中華書局，1998：1373）

黃德寬 等　及　侯馬三〇〇，～子孫

～，從人，從又，會一人以手逮～另一人之意。（古文字譜系疏證〔M〕，北京：商務印書館，2007：2087～2088）

按：「![字]」，曾志雄先生認爲「大概是和殳旁分別的緣故」，不確。何琳儀先生認爲是加的飾筆，可從。

友 ![字]八五：九（1），～

湯余惠，賴炳偉，徐在國，吳良寶：友。（戰國文字編〔M〕，福州：福建人民出版社，2001：182）

※叙 ![字]六七：三六（1），～

何琳儀　衮　侯馬三二四，～

～，從衣，公聲。右下加又旁爲裝飾部件。參袁字。侯馬盟書～，人名。（戰國古文字典〔M〕，北京：中華書局，1998：1321）

湯余惠，賴炳偉，徐在國，吳良寶：衮。（戰國文字編〔M〕，福州：福建人民出版社，2001：575）

黃德寬 等　叙　侯馬三二四，～

～，從又（與從手同意），衮聲，捵之異文。《集韻‧圂韻》「捵，轉也。」音古困切。侯馬盟書～，人名。（古文字譜系疏證〔M〕，北京：商務印書館，2007：3654）

按：何琳儀先生、《戰國文字編》字形分析有誤，《古文字譜系疏證》之說可從。

卑　𤰞一：二（2），～不守二宮者

張頷　「卑」可能即「禈」，《禮記》曾子問：「諸侯禈冕」，《覲禮》：「侯氏禈冕」。從各家注解來看，「禈」是王侯大夫享先公饗射時所穿的禮服。（侯馬東周遺址發現晉國朱書文字〔J〕，文物，1966，2：2）

山西省文物工作委員會　卑──同「俾」，使的意思。（張頷，陶正剛，張守中，侯馬盟書〔M〕，太原：山西古籍出版社，2006 年增訂本：35，亦見：山西省文物工作委員會，侯馬盟書〔M〕，北京：文物出版社，1976 第一版）

劉翔　等　卑：通「俾」，使。（侯馬盟書〔M〕，商周古文字讀本，北京：語文出版社，1989，9：208）

曾志雄　卑：《侯馬盟書》釋此字云：「同俾，使的意思。」但沒有作進一步的說明或舉例。按先秦古籍中，句首位置的「俾」往往又作「卑」。陳初生認為金文卑字從田從攴，或從田從尹。（《金文常用字典》，頁335）盟書卑字絕大部分同於後一寫法，但也有六例從田從又（例如1：14），一例從田從「寸」（加點的「又」，35：7），在卑字的寫法中屬少數；後二者顯然是前者（從尹）省筆的結果。（侯馬盟書研究〔D〕，香港：香港中文大學研究院中文學部博士論文，1993：85～86）

何琳儀　卑　侯馬三一二，～不守二宮者

侯馬盟書～，讀俾。《爾雅·釋言》「俾，職也。」（戰國古文字典〔M〕，北京：中華書局，1998：771）

湯余惠，賴炳偉，徐在國，吳良寶：卑。（戰國文字編〔M〕，福州：福建人民出版社，2001：184）

黃德寬 等　卑　侯馬三一二，～不守二宮者

侯馬盟書～，讀俾，《爾雅·釋言》「俾，職也。」（古文字譜系疏證〔M〕，北京：商務印書館，2007：2087～2088）

按：何琳儀先生之說可從。

事 姜一五六：二（1）、姜一五六：八（1），曰～丌宔

長甘（即張頷）「事」即祭祀的意思。《公羊傳・文公二年》：「大事於大廟。」
疏：「知此言大者，是大祭明矣。」（「侯馬盟書」叢考〔J〕，文物，1975，
5：12）

山西省文物工作委員會　事，指奉事宗廟的祭祀。例如《詩・召南・采
蘩》：「公侯之事。」注：「之事，祭事也。」《公羊傳・文公二年》：「大
事於大廟。」宗，指宗廟。《儀禮・士昏禮》：「承我宗事。」（張頷，
陶正剛，張守中，侯馬盟書〔M〕，太原：山西古籍出版社，2006 年
增訂本：35，亦見：山西省文物工作委員會，侯馬盟書〔M〕，北京：
文物出版社，1976 第一版）

劉翔　等　吏：同「事」，侍奉。（侯馬盟書〔M〕，商周古文字讀本，北京：
語文出版社：1989，9：208）

曾志雄　事字基本上作姜（156：2）或姜（156：8），和《說文》「事」字
古文頗相似（頁 117 上），只是中部「口」旁已加短劃；與盟書族字作
朱（85：23）比較，可知事字頭頂之「屮」爲「屵」之變形，因此《說
文》以「事」字爲「從史屮省聲」之說，恐與古文字不合。湯余惠認
爲作「屮」形之「屵」屬戰國時形體（《略論戰國文字形體研究中的幾
個問題》頁 34），今盟書有此，可見當屬新形式。西周初之《克盉》
銘文有「帀」字，李學勤以爲即「族」字之省，和《令方彝》之「族」
同，可謂爲「事」。（《北京琉璃河出土西周有銘銅器座談紀要》頁 956）
上述兩款「事」字之「口」中有短劃，應爲後來所加，因爲盟書亦有
不加短劃作「口」形的；而頭頂「屮」形無橫劃的則爲省略形式。值
得注意的，盟書「事」和「史」字（姓氏及職官名）絕無混用，和金
文「事」可作「史」或「史」可作「事」（分別見《金文常用字典》頁
340 及《兩周金文通假字研究》頁 60）不同。（侯馬盟書研究〔D〕，
香港：香港中文大學研究院中文學部博士論文，1993：62）

何琳儀　事　侯馬三一二，曰～丌宔

盟書「～丌主」，讀「～其主」。《左・襄十九》「～吳不如～主。」（戰
國古文字典〔M〕，北京：中華書局，1998：106～108）

黃德寬　等　事　侯馬三一二，𠣬～丌宔

侯馬盟書、溫縣盟書～，侍奉也。《左傳・襄公十九年》「～吳不如～
主。」（古文字譜系疏證〔M〕，北京：商務印書館，2007：254～259）

妻　𡜐　一五六：五（1），而敢不～從嘉之盟

何琳儀　妻　侯馬三四八，而敢不～從嘉之盟

侯馬盟書～，讀盡。《廣韻》「盡，竭也。」（戰國古文字典〔M〕，北
京：中華書局，1998：1153～1154）

黃德寬　等　妻　侯馬三四八，而敢不～從嘉之盟

侯馬盟書～，讀作盡。《集韻・准韻》「盡，悉也。」《詞詮》卷六「盡，
表數副詞，悉也，皆也。」（古文字譜系疏證〔M〕，北京：商務印書
館，2007：3553～3554）

書　𦘠　一六：三（5），韋～

陳夢家　書字與晉欒書缶之書相近。（東周盟誓與出土載書〔J〕，考古，
1966，2：276）

何琳儀　書　侯馬三二三，韋～之言

侯馬盟書「韋～」，疑指皮韋所繫竹～，所謂「韋編」。（戰國古文字典
〔M〕，北京：中華書局，1998：521～522）

黃德寬　等　書　侯馬三二三，韋～之言

侯馬盟書「韋～」，皮韋所繫竹～，所謂「韋編」。（古文字譜系疏證
〔M〕，北京：商務印書館，2007：1461～1462）

豎　𤔪　一：九二（1），～

何琳儀　豎　侯馬三四九，～

《說文》「～，～立也。從豈，豆聲。豎，籀文～從殳。」（三下十一）
侯馬盟書～，人名。（戰國古文字典〔M〕，北京：中華書局，1998：
370）

湯余惠，賴炳偉，徐在國，吳良寶：豎。（戰國文字編〔M〕，福州：福建
人民出版社，2001：188）

黃德寬 等 豎 侯馬三四九，～

侯馬盟書～，或省作豐，參豐字。人名。（古文字譜系疏證〔M〕，北
京：商務印書館，2007：1007）

斀 斀一五六：一九（2），比～

何琳儀 斀 侯馬三五四，比～

～，從殳，從丵，會擊斀之意。丵亦聲。戰國文字從攴，從丵，從臼。
攴與殳旁在古文字往往可以互換，或省減爲又旁。臼表示被擊破之處
如臼。《正字通》「～同鑿。」侯馬盟書～，人名。或作鑿、鏴、斀等。
（戰國古文字典〔M〕，北京：中華書局，1998：320）

黃德寬 等 斀 侯馬三五四，比～

～，擊鑿之鑿的初文，甲骨文作𠬪，像以手持器擊辛，會擊鑿之意。
辛形本鑿形器之象形，後因添加飾劃，逐漸繁化爲丵形（古業、對、
僕、璞等字上部所從）。晚周以後又在丵形之下添加臼形，表示被擊破
之處如臼，並累加金旁，遂成鑿字。戰國文字或從攴，攴與殳旁在古
文字中往往可以互換。或從又，則攴之省也。侯馬盟書～，人名。（古
文字譜系疏證〔M〕，北京：商務印書館，2007：885）

按：～，字形演變以黃說爲是。

政 政一：三八（1），郵～

曾志雄 政：人名。盟書「政」也作「正」，前者三十一例，後者二例，與
古籍「正、政、征」的通用關係類似，我們認爲「正」可視爲古老形
式。（侯馬盟書研究〔D〕，香港：香港中文大學研究院中文學部博士

論文，1993：180）

湯余惠，賴炳偉，徐在國，吳良寶：政。（戰國文字編〔M〕，福州：福建
　　人民出版社，2001：196～197）

敽　〔字〕三：一（1），～

《侯馬盟書·字表·殘字》379 頁：〔字〕三：一。

李裕民　〔字〕《侯馬盟書》宗盟類四之三：一。
　　字稍殘。左半爲喬，盟書喬作〔字〕（一五六：二一）；右爲支。隸定爲敽。
　　《說文》：「敽，系連也。從支，喬聲。《周書》：『敽乃干。』讀如矯。」
　　此敽爲參盟人名。（侯馬盟書疑難字考〔C〕，古文字研究·第五輯，
　　1981，1：296）

曾志雄　敽：原字作〔字〕（3：1），當爲「敽」字之殘，見於該書頁 362。「委
　　質類」盟書被打擊對象有趙喬，「喬」字亦寫作「劢」；「喬、劢、敽」
　　可視爲一字之變化，因此「敽」字可隸定爲「喬」。參盟人有「史劢」
　　（《附錄》119 號）一名，與此「喬」未知是否同爲一人。（侯馬盟書
　　中的人名問題〔C〕，容庚先生百年誕辰紀念文集，廣州：廣東人民出
　　版社，1998，4：509）

湯余惠，賴炳偉，徐在國，吳良寶：敽。（戰國文字編〔M〕，福州：福建
　　人民出版社，2001：198）

黃德寬　等　敽　侯馬三六二，～
　　戰國文字～，用於人名。（古文字譜系疏證〔M〕，北京：商務印書館，
　　2007）

寇　〔字〕一〇六：三（3），司～

何琳儀　寇　侯馬三二七，司～
　　戰國文字「司～」，或爲官名，或爲複姓。（戰國古文字典〔M〕，北京：
　　中華書局，1998：347）

湯余惠，賴炳偉，徐在國，吳良寶：寇。（戰國文字編〔M〕，福州：福建人民出版社，2001：201）

黃德寬 等 寇 侯馬三二七，司～

戰國文字「司～」，或爲官名，或爲複姓。（古文字譜系疏證〔M〕，北京：商務印書館，2007：949～950）

攺（改） 改一：二（2），而敢或攺～

郭沫若 「改助」即改鋤，謂進行改革舊物，鋤舊布新。（新出侯馬盟書釋文〔M〕，郭沫若全集・考古編・第 10 卷・考古論集，北京：科學出版社，1972：159）

山西省文物工作委員會 改助——助，從力旦聲，音旦（dàn）或亶（dǎn），盟書中或作「勘」、「助」、「劼」等，疑爲亶、擅的假借字。《詩・小雅・常棣》：「亶其然乎。」注：「亶，信也。」《爾雅・釋詁》：「亶，信也，誠也。」《說文》：「擅，專也。」改「亶」，疑即改其誠信，不專心致志的意思。（張頷，陶正剛，張守中，侯馬盟書〔M〕，太原：山西古籍出版社，2006 年增訂本：35，亦見：山西省文物工作委員會，侯馬盟書〔M〕，北京：文物出版社，1976 第一版）

陳漢平 按改、攺、改、改字左文所從乃是丂字，是爲聲旁，亦即氾、範、䔒、范、笵字之所從，故此字當隸定爲攱或攺。攱、攺字在盟書讀爲犯。《說文》：「犯，侵也。從犬，丂聲。」犯字訓敗也，害也，犯逆也。《周官・大司馬》：「犯令陵政則杜之。」鄭注：「犯令者，違命也。」攱、攺在盟書之文句爲「而敢或變犯……」，其義爲「而敢或改變違犯自己的盟誓誓言」。攱、攺字讀犯，核於盟書文句，於文義甚安。（侯馬盟書文字考釋〔M〕，屠龍絕緒，哈爾濱：黑龍江教育出版社，1989，10：347～348）

何琳儀 攺（改） 侯馬三〇八，而敢或攺～

侯馬盟書「～」，讀「改」。（戰國古文字典〔M〕，北京：中華書局，1998：63～64）

湯余惠，賴炳偉，徐在國，吳良寶：改。（戰國文字編〔M〕，福州：福建
　　人民出版社，2001：197）

黃德寬 等　攺（改）　侯馬三〇八，而敢或𢻻～

　　侯馬盟書「𢻻～」，讀「變改」。（古文字譜系疏證〔M〕，北京：商務
　　印書館，2007：142～143）

按：何琳儀先生之說可從。

※攉　𣀈一六：一七（1），～

《侯馬盟書・字表・殘字》380 頁：𣀈一六：一七。

黃德寬 等　攉　侯馬三六三，～

　　～，從攴，蒦聲（隹旁省簡，或原摹脫筆）。或疑攉之異文。侯馬盟書
　　～，人名。（古文字譜系疏證〔M〕，北京：商務印書館，2007：2589）

按：～，從攴，蒦聲。古文字中，攴、手二旁古通，攉即是攉。故《古文
　　字譜系疏證》之說可從。

※敳　𣀈三：二二（6），巫覡祝史～統纙

郭沫若　「敳」疑是薦字。（新出侯馬盟書釋文〔M〕，郭沫若全集・考古
　　編・第 10 卷・考古論集，北京：科學出版社，1972：156）

陶正剛，王克林　「𣀈」（𣀈），釋馭，即古文御，《說文疑疑》：「御，從彳、
　　從止、從卩，會行止有節義。午聲」。在此作統帥、控制講。《周禮・
　　天官・大宰》：「以八柄詔王馭群臣」，與此意義相同。（侯馬東周盟誓
　　遺址〔J〕，文物，1972，4：31）

朱德熙，裘錫圭　「統」上一字，左旁顯然是「鹿」不是「馬」。郭沫若
　　同志釋作「敳」，讀為「薦」，是很對的（《文物》1972 年 3 期 6 頁）。
　　《說文》把「薦」解釋成為會意字十分牽強。邵王簋「薦」字作「盧」
　　（《金文編》538 頁），應該是從皿鹿聲。可見「鹿」字古有「薦」音，
　　「薦」本是從艸鹿聲的形聲字。「敳」字當是從攴鹿聲，應從郭沫若
　　同志讀為「薦」。（關於侯馬盟書的幾點補釋〔J〕，文物，1972，8：

36～37）

山西省文物工作委員會　戫——「薦」字的繁體字，音健（jiàn），進獻祭
　　品的意思。《禮記‧月令》：「薦鮪於寢廟。」（張頷，陶正剛，張守中，
　　侯馬盟書〔M〕，太原：山西古籍出版社，2006 年增訂本：39，亦見：
　　山西省文物工作委員會，侯馬盟書〔M〕，北京：文物出版社，1976
　　第一版）

曾志雄　戫：古文字中未見此字，因此釋此字的人也少。朱德熙、裘錫圭
　　依郭沫若之說，把此字釋爲「薦」，並指出《說文》釋「薦」爲會意字
　　是不合理的，他們主張「薦、戫」都是形聲字，「戫」字爲「從攴廌聲」。
　　（《關於侯馬盟書的幾點補釋》頁 37）我們認爲這個看法符合古文字
　　中後起形聲字多樣化的現象，因此有一定的道理。（侯馬盟書研究
　　〔D〕，香港：香港中文大學研究院中文學部博士論文，1993：189）

何琳儀　戫　侯馬三五○，巫覡祝史～綄
　　～，從攴，廌聲。侯馬盟書～，讀薦。～，薦聲韻均隔，然形體相關
　　（薦從～從艸會意），故典籍亦往往以～爲薦。《易‧豫‧象傳》「殷
　　薦之上帝」，釋文「薦，本或作～。」《儀禮‧士冠禮》「薦脯醢」，釋
　　文「薦或作～」。是其佐證。（戰國古文字典〔M〕，北京：中華書局，
　　1998：758）

湯余惠，賴炳偉，徐在國，吳良寶：戫。（戰國文字編〔M〕，福州：福建
　　人民出版社，2001：211）

黃德寬 等　戫　侯馬三五○，巫覡祝史～綄
　　～，從攴，廌聲。盟書「～綄」，讀「薦瑞」。（古文字譜系疏證〔M〕，
　　北京：商務印書館，2007：2047）

按：盟書中～，從郭沫若等先生讀爲薦。辭例應爲「巫覡祝史～綄繹」。

※戫　戫一：四○（1），史～

何琳儀　戫　侯馬三四九，史～巯
　　～，從攴，區聲，驅之異文。（戰國古文字典〔M〕，北京：中華書局，

1998：350）

湯余惠，賴炳偉，徐在國，吳良寶：毆。（戰國文字編〔M〕，福州：福建
　　人民出版社，2001：191）

湯余惠，賴炳偉，徐在國，吳良寶：驅。（戰國文字編〔M〕，福州：福建
　　人民出版社，2001：656）

黃德寬　等　　毆　　侯馬三四九，史～彘

　　～，從攴，區聲，驅之異文。（古文字譜系疏證〔M〕，北京：商務印
　　書館，2007：955）

按：《戰國文字編》前後隸定不統一，應予改正。盟書中～，應嚴格隸定爲
　　毆。

卜　卜三〇三：一（2），～以吉

山西省文物工作委員會　　卜以吉，筮口口——卜，古代用龜占卜。以，即
　　已。卜已吉，是說用龜占的結果吉利。吉和凶，是我國古代迷信活動
　　中常用的概念。下面「筮」字起頭的三字，應該是說明用著占卦的結
　　果。《左傳·僖公四年》：「卜之不吉，筮之吉。」盟書上的這條記載是
　　我國古代卜法和筮法並用的一條較原始的記錄。（張頷，陶正剛，張守
　　中，侯馬盟書〔M〕，太原：山西古籍出版社，2006 年增訂本：47，
　　亦見：山西省文物工作委員會，侯馬盟書〔M〕，北京：文物出版社，
　　1976 第一版）

李裕民　　「卜」，以龜占卦。

　　「卜以吉」指以龜占的結果吉利。（我國古代盟誓制度的歷史見證——
　　侯馬盟書〔J〕，文史知識， 1986，6：58）

何琳儀　卜　侯馬二九八，～以告

　　侯馬盟書～，占～。（戰國古文字典〔M〕，北京：中華書局，1998：
　　394）

劉國忠　　卜與筮，爲兩種不同的數術活動，但在進行占測行動時，常常是
　　二者互相配合使用，所以古籍中有「凡國之大事，先筮而後卜」、「故

一人有事於四方，若卜筮，罔不是孚」、「卜筮偕止」、「筮短龜長」等
語。（侯馬盟書數術內容探討〔J〕，清華大學學報・哲學社會科學版，
2006，4：86）

黃德寬 等 卜 侯馬二九八，～以告

　　侯馬盟書～，占～。（古文字譜系疏證〔M〕，北京：商務印書館，
2007：1077）

※剗 ![char]二○○：二○（1），～

《侯馬盟書・字表・存疑字》377頁：![char]二○○：二○（1）

李裕民 ![char]《侯馬盟書》宗盟類二之二○○：二一。

　　左旁為義，古璽作![char]（《徵》十二・四），與此同形；右旁為卜。隸定
為剗，字書所無。此係參盟人名。（侯馬盟書疑難字考〔C〕，古文字
研究・第五輯，1981，1：296）

何琳儀 儀 侯馬三六○，～

　　侯馬盟書～，人名。（戰國古文字典〔M〕，北京：中華書局，1998：
857）

按：～右旁所從非人字，故何琳儀先生之說可疑。李裕民先生之說可從。

《侯馬盟書文字集釋》卷四

自　一、三：一九（1），～質於君所。二、六七：一（1），～今以往

> 曾志雄　「自今以往」就是「自今日以往」的省略，它的意思相當於今天的「從今以後」。「自今（日）以往」這個片語，不但見於《左傳》，也見於溫縣盟書，應該是當時的常用語。（侯馬盟書研究〔D〕，香港：香港中文大學研究院中文學部博士論文，1993：199）

> 何琳儀　自　侯馬三〇五，～質於君所
> 侯馬盟書～，見《正韻》「～，躬親也。」（戰國古文字典〔M〕，北京：中華書局，1998：1271～1272）

> 黃德寬　等　自　侯馬三〇五，～質於君所
> 侯馬盟書～，《正韻》「～，躬親也。」（古文字譜系疏證〔M〕，北京：商務印書館，2007：3118～3120）

者　一、一：一（2），群虖明～。二、一：二（2），卑不守二～。三、一：四（2），於晉邦之地～

> 郭沫若　「者」字告一段落，盟書中凡三個「者」字，即三項誓辭的落腳。（新出侯馬盟書釋文〔M〕郭沫若全集・考古編・第 10 卷・考古論

集，北京：科學出版社，1972：160）

曾志雄　者：句末語氣詞。

盟書「者」字字形上部近似「止」，下部絕大多數從「古」（約六百例）、也有從「口」或從「甘」（各十二例），三例從「白」。者字所從「古」旁，其上「十」形不作「✸」而作「十」，而大多數的「口」已在內部加一短劃作「甘（日）」形（在六百多例中不加短劃的只有136 例）；這種「古」旁的寫法，和「史」字的頂部以及中山王𦥑器的「古」字寫法一致（後一字形見張守中《中山王𦥑器文字編》頁18）。可見某些偏旁，在合體構字或在獨體使用時，已開始要求形式一致。盟書這種「者」字的形式偏多，應該是超新走向的表現。（侯馬盟書研究〔D〕，香港：香港中文大學研究院中文學部博士論文，1993：87～88）

何琳儀　者 侯馬三一三，不守二宮～

盟書～，指事代詞。（戰國古文字典〔M〕，北京：中華書局，1998：515～516）

湯余惠，賴炳偉，徐在國，吳良寶：者。（戰國文字編〔M〕，福州：福建人民出版社，2001：223）

黃德寬 等　者 侯馬三一三，不守二宮～

～，從𣎵，加口旁為分化部件。𣎵、～實為一字，口旁或加飾筆作𠙽、𠙽、屰等形，𣎵旁頗多變異，戰國文字尤甚，……晉系文字或省作𠙷……盟書～，指事代詞。（古文字譜系疏證〔M〕，北京：商務印書館，2007：1451～1454）

百（全）　仐三〇三：一（1），共二～五

《侯馬盟書・字表・殘字》387頁：仐三〇三：一。

陳漢平　盟書有人名字作仐，字表未釋。《說文》：「全，完也，從入，從工。全，篆文全，從玉，純玉曰全。仐，古文全。」是盟書此字當釋全。現代全字通行，仐字罕見，故盟書編者未釋出。（侯馬盟書文字

考釋〔M〕，屠龍絕緒，哈爾濱：黑龍江教育出版社，1989，10：357）

何琳儀　全　侯馬三七〇，共二～五

侯馬盟書、中山雜器～，讀全。《周禮·考工記·玉人》「天子用全」，
注「全，純玉也。」（戰國古文字典〔M〕，北京：中華書局，1998：
1045～1046）

湯余惠，賴炳偉，徐在國，吳良寶：全。（戰國文字編〔M〕，福州：福建
人民出版社，2001：334）

劉國忠　「二」字後面一字，《侯馬盟書》沒有釋讀，現在看來，這個字應
該是「百」字，河北平山中山王墓出土的鐵足大鼎有「方數百里」之
句，同句話亦見於中山王圓壺，其中圓壺上的「百」字寫作「全」，與
《侯馬盟書》此字的寫法非常相似。關於「全」字為「百」，朱德熙先
生與裘錫圭先生曾有一個詳細的考證：

根據字形，這個字似乎只能是「全」或「金」，但圓壺銘第 29 行「方
數全里」一句，鼎銘 49 至 50 行作「方數百里」，可見全是「百」字。
我們不知道「百」字為什麼這樣寫，但全之為「百」是無可懷疑的。
平山出土的許多記重量的銅器銘文裏，「百」字都這樣寫。兆域圖的
「百」字寫作 ，亦與全形近。（侯馬盟書數術內容探討〔J〕，清華
大學學報·哲學社會科學版，2006，4：85～86）

按：此百字寫法是晉系文字特有，與戰國它系文字寫法迴異。

※雖　三：二五（4），郫～

《侯馬盟書·字表》371 頁：靃。

黃德寬　等　雖　侯馬三五四，郫～

～，從隹，呂聲。雝之初文，鳥名。參雝字。（古文字譜系疏證〔M〕，
北京：商務印書館，2007：1108～1109）

群　一：一（2）、一六：二（13），～嘷盟者

陳夢家　《說文》曰「羣，朋侵也」，群於此為動詞即侵犯。（東周盟誓與

出土載書〔J〕，考古，1966，2：275）

山西省文物工作委員會　群虖明者──虖，即「呼」。《說文》：「虖，哮虖也。」明，即「盟」字。群呼明，即嘯聚私盟的意思。（張頷，陶正剛，張守中，侯馬盟書〔M〕，太原：山西古籍出版社，2006 年增訂本：35，亦見：山西省文物工作委員會，侯馬盟書〔M〕，北京：文物出版社，1976 第一版）

曾志雄　「群」字《說文》析爲「從羊君聲」，屬形聲字。盟書「群」字兩個偏旁均作上下排列：「君」在上，「羊」在下。「君」「羊」之間，部分例子把「君」旁的「口」和「羊」 旁上的兩角重疊爲一，形成筆畫借用；其中五十三例（占少數）的「羊」旁寫成「羔」旁，應屬形旁通用例。另有一例寫成「君」字（1：98），可視爲偏旁簡省。（侯馬盟書研究〔D〕，香港：香港中文大學研究院中文學部博士論文，1993：106）

何琳儀　群　侯馬三四一，～虖盟者
侯馬盟書「～虖」，讀「～呼」。《穀梁·定十》「齊人鼓躁」，注「～呼曰躁」。（戰國古文字典〔M〕，北京：中華書局，1998：1340～1341）

湯余惠，賴炳偉，徐在國，吳良寶：群。（戰國文字編〔M〕，福州：福建人民出版社，2001：238）

黃德寬 等　群　侯馬三四一，～虖盟者
侯馬盟書「～虖」，讀「～呼」。《穀梁傳·定公十年》「齊人鼓譟而起，欲以執魯君。」范甯集解「～呼曰譟」。（古文字譜系疏證〔M〕，北京：商務印書館，2007：3703）

（※羣）　羣一：七（2），～虖盟者

郭沫若　「羣」字是群字的異體，三例均從羔，但往年曾發表者多從羊。（新出侯馬盟書釋文〔M〕，郭沫若全集·考古編·第 10 卷·考古論集，北京：科學出版社，1972：155）

唐蘭　群虖盟者是指結黨破壞盟誓的人。

羣字從火羣聲，就是煮字，在這裏仍讀作羣。(侯馬出土晉國趙嘉之盟載書新釋〔J〕，文物，1972，8：32～33)

劉翔　等　羣：同「羣」，聚眾。(侯馬盟書〔M〕，商周古文字讀本，北京：語文出版社：1989，9：208)

黃德寬　等　羣　侯馬三四一，～嘷盟者

～，從羔(《說文》「羊子也」，與從羊同意)，君聲，羣之異文。參見「羣」。

侯馬盟書「～嘷」，讀「羣呼」，參見薞(古文字譜系疏證〔M〕，北京：商務印書館，2007：3703～3704)

（※羣）　羣一：五（3），～虖明者

黃德寬　等　羣　侯馬三四一，～嘷盟者

～，從羊，尹聲，羣之異文。羣從君聲，君亦從尹聲，參見「羣」。侯馬盟書「～嘷」，讀「羣呼」，參見「羣」。(古文字譜系疏證〔M〕，北京：商務印書館，2007：3706)

按：侯馬盟書～，從羊，君聲。或從羔，君聲，群之異體。羣形則是羊與君共用部分筆劃。羣應是羣之省。

爰　爰一七九：一五（1），比～

《侯馬盟書·字表》327頁：孚。

李裕民　爰《侯馬盟書》委質類一七九：一五。

《侯馬盟書·字表》釋孚，非。盟書孚作爰、爰，金文作爰(《毛公鼎》)，均與此形不同。字應釋爰，《虢季子白盤》作爰，楚金幣郢爰之爰作爰(《考古》一九七三年三期一六三頁圖二)，陳爰之爰作爰(同上一六七頁圖一)，盟書一七九：五帳字偏旁作爰，均與此字相同。盟書牂爰即委質類被誅討對象牂孚，此人亦稱牂牸、牂逗、牂狩。此處疑係筆誤。(侯馬盟書疑難字考〔C〕，古文字研究·第五輯，北京：中華書局：1981，1：299)

陳漢平　盟書有人名字作𢎥、𢎥、𢎥，字表釋㝃，未確。此字當釋爰。《說
　　　文》：「爰，引也。從受，從於，籒文以爲車轅字。」（侯馬盟書文字考
　　　釋〔M〕，屠龍絕緒，哈爾濱：黑龍江教育出版社，1989，10：349）

曾志雄　盟書的「㝃」字除作「将」外，又有作「徉、狩」等形。作「徉」
　　　的十四例，加上一例從「辵」而不從「彳」的，我們認爲是「彳、辵」
　　　通用，則共十五例，屬於優勢字形。其餘作「㝃」的六例；作「将」
　　　的三例；作「狩」的一例；這些都屬由結構手段形成的後起形聲字。
　　　如果從形聲字的比例看，則此字字形呈趨新走向。此外有一例寫成「爰」
　　　字字形的（179：15），前面已提及。黃德馨認爲此字「或屬筆誤、或
　　　受甲骨文『㝃』、『爰』不分之影響，或屬異體，也是可以理解的。」
　　　（《楚爰金研究》頁44）我們認爲他的推測很合理。
　　　各種「㝃」字字形基本上都從「寸」旁，只有少數的八例作「又」旁，
　　　屬古老形式，這點和「㝃」字字形呈趨新走向是一致向。
　　　比鼇、比㝃二人在盟書中並排，只有三例在二人名字之間有「及其子
　　　孫」四字隔開（156：23，156：25，179：13），估計二人屬同輩宗親
　　　關係，甚至可能是包含一個旁系的同居關係。（侯馬盟書研究〔D〕，
　　　香港：香港中文大學研究院中文學部博士論文，1993：169）

何琳儀　爰　侯馬三一〇，㝃～
　　　侯馬盟書「㝃㝃」，或作「㝃～」。典籍鍰與鋝混用，見《書·呂刑》。
　　　凡此說明，㝃與～形音義均有關涉，應爲一字分化。茲從元韻中剔出
　　　～聲首，附於月部㝃聲首之後。《說文》「～，引也。從受，從於。籒
　　　文以爲車轅字。（羽元切）」（四下三）（戰國古文字典〔M〕，北京：中
　　　華書局，1998：936）
按：　𢎥，應釋爲爰。至於它處多作「㝃」，應是通假關係。

㝃　𢎥三：一九（2），七～

湯余惠，賴炳偉，徐在國，吳良寶：㝃。（戰國文字編〔M〕，福州：福建
　　　人民出版社，2001：251）

敢　一、一六：三（1），〜用一元。二、一六：三（2），餘不〜。
三、一：一（1），〜不

郭沫若　「敢或」與「敢有」同義。（侯馬盟書試探〔J〕，文物，1966，2：
　　5）

陳夢家　「敢不」即不敢不，《左傳》宣十二、成二、成十八、襄二十八、
　　哀十「敢不唯命是聽」即唯命是聽。
　　「敢不闢其腹心」猶《左傳》宣公十二年鄭襄公曰「敢布腹心」。（東
　　周盟誓與出土載書〔J〕，考古，1966，2：274）

陶正剛，王克林　「敢」字有卑下意。《儀禮・士虞禮》疏云：「凡言敢
　　者，皆是以卑觸尊，不自明之意也」。《左傳・襄公二十八年》：「敢不
　　唯命是聽」，與此同例。（侯馬東周盟誓遺址〔J〕，文物，1972，4：
　　30）

劉翔　等　敢：表敬副詞，猶言「不敢」。（趙敢不闢兀腹心）
　　敢：敢於。（而敢不盡дɫ嘉之明）（侯馬盟書〔M〕，商周古文字讀本，
　　北京：語文出版社，1989，9：207）

湯余惠　敢，膽敢。（侯馬盟書〔M〕，戰國銘文選，長春：吉林人民出版
　　社，1993，9：197）

曾志雄　「敢不」則以反詰的語氣表示承諾的謙意，相當於今天「必」的
　　間接式。敢字在盟書中有九十二種寫法，可分為「敊」、「咢」兩種結
　　構。其中超過一千例作「敊」，十七例作「咢」。從數字看，作「敊」
　　形的敢字帶新興「寸」旁的有二百多例，而帶古老「咢」旁的只有一
　　百八十多例，可見新形式偏多，而古老形式趨少，反映了侯馬盟書中
　　新舊形式在偏旁層面上互為消長的情況。從「敊」字新舊偏旁並存於
　　一字的情形看，偏旁在構字時（即書寫時）獨立性是相當大的；也就
　　是說，當時人對偏旁的概念已漸漸加強。（侯馬盟書研究〔D〕，香港：
　　香港中文大學研究院中文學部博士論文，1993：55〜56）

曾志雄　在一般情況下，一個人名和人名下的「敢不」聯結起來，是先秦

時代最常見的謙稱法。（侯馬盟書中的人名問題〔C〕，容庚先生百年誕辰紀念文集，廣州：廣東人民出版社，1998，4：503）

湯余惠，賴炳偉，徐在國，吳良寶：𢿐（敢）。（戰國文字編〔M〕，福州：福建人民出版社，2001：252）

黃德寬 等 敢 侯馬三三五，而～或𢿐改

～，從爭，甘聲。或省甘爲口形。古文字～，多用爲表敬副詞。《儀禮‧士虞禮》「～用絜牲剛鬣。」注「～，昧冒之辭。」（古文字譜系疏證〔M〕，北京：商務印書館，2007：4030～4032）

死 一、𣦸一七九：一八（6），所見而不止～者。二、𣦵一〇五：三（1），衆人怨～

何琳儀 死 侯馬三〇五，所見而不之～者

～，從人，從歺，會人死僅存殘骸之意。（戰國古文字典〔M〕，北京：中華書局，1998：1276）

黃德寬 等 死 侯馬三〇五，所見而不之～者

侯馬盟書～，效～，爲他人賣命。《史記‧淮陰侯列傳》「食人之食者，～人之事。」（古文字譜系疏證〔M〕，北京：商務印書館，2007：3131～3133）

※殧 𣦶二〇〇：二三（6），麻～非（是）

何琳儀 殔 侯馬三二一，麻～非是

～，從歺，夷聲。侯馬盟書～，讀夷。見「夷」字c。（戰國古文字典〔M〕，北京：中華書局，1998：1240）

黃德寬 等 殧 侯馬三二一，麻～非是

～，從歺，臺聲，疑痍之異文。參見「痍」。侯馬盟書～，讀作夷。參見「夷」。（古文字譜系疏證〔M〕，北京：商務印書館，2007：3044）
按：《古文字譜系疏證》之說可從。

腹　一、**[字]**一：一（1），敢不𨳠其～心。二、**[字]**一：　三（1），～趙狐及
其子孫

張頷　「**[字]**」字即「腹」字，有的書作「**[字]**」，有的作「**[字]**」。「𨳠其腹
　　　心」，視其意蓋爲剖明心腹之義。（侯馬東周遺址發現晉國朱書文字
　　　〔J〕，文物，1966，2：1）

黃德寬　又如「腹」字異體竟達九十七種之多，其中僅因形符發生分歧而
　　　製成的異體就有二十四種，基本形符是「肉」，累加或變換的形符就有
　　　口、心、勹、廠、止、彳、辵、夂等數形。「𠚖、腹」的異形繁多，具
　　　有相當的典型性，比較突出地反映同一形聲字可以因形符的分歧造成
　　　多種異體的特點。（論形符〔J〕，淮北煤師院學報・社會科學版，1986，
　　　1：118）

曾志雄　「腹心」一詞雖然在《尚書・盤庚》中作「心腹」，但在銅器銘文
　　　中也有作「腹心」的，例如《牆盤》就有「遠猷腹（腹）心」一句（釋
　　　文據吳鎭烽《陝西金文匯編》下冊頁 799）。吳鎭烽定此器爲西周穆、
　　　恭時器（見上引書頁 860），可見「腹心」一詞相當古老。
　　　《侯馬盟書》字表所收「腹」字的寫法共 97 種，大致可分爲四大類。
　　　第一類爲「肉」旁加「复」旁的，共六十八例。第二類是「腹」（即第
　　　一類）加「彳」旁的（如**[字]**1：7，四十二例）、加「止」旁的（如**[字]**1：
　　　49，十例）或加「辵」旁的（如**[字]**179：11，二例），實際上由「肉」
　　　和「复」合成，三者共五十四例。第三類是寫作「複」的，四例。第
　　　四類是寫成各種「復」字形的，共三十八例。（侯馬盟書研究〔D〕，
　　　香港：香港中文大學研究院中文學部博士論文，1993：59）

何琳儀　腹　侯馬三三九，敢不𨳠其～心
　　　侯馬盟書「～心」，見《詩・周南・兔罝》「赳赳武夫，公侯～心。」
　　　（戰國古文字典〔M〕，北京：中華書局，1998：253～254）

湯余惠，賴炳偉，徐在國，吳良寶：腹。（戰國文字編〔M〕，福州：福建
　　　人民出版社，2001：259）

黃德寬 等　腹　敢不闢其～心；～趙佤及其子孫

　　侯馬盟書「～心」見《詩·周南·兔罝》「赳赳武夫，公侯～心。」侯
　　馬盟書「～趙佤」之～，讀復，回復。（古文字譜系疏證〔M〕，北京：
　　商務印書館，2007：720）

肖　一、⟨字⟩一：六（1），～𠦜。二、⟨字⟩一九五：八（3），～朱

何琳儀　肖　侯馬三四六，～弧

　　戰國文字～，除人名之外，多為姓氏，讀趙。伯益孫造父善御，幸于
　　周穆王，賜以趙城。因封為氏。見《廣韻》。（戰國古文字典〔M〕，北
　　京：中華書局，1998：321～322）

降大任　據知劉向整理《戰國策》就發現簡冊文字寫法混亂，如「以趙為
　　肖」，認為是筆誤或脫落。而盟書中「以趙為肖」者有51處之多，可
　　見此「肖」為當時「趙」的簡體，非誤脫所致。（侯馬盟書的研究及價
　　值意義〔J〕，晉陽學刊，2004，2：23）

湯余惠，賴炳偉，徐在國，吳良寶：肖。（戰國文字編〔M〕，福州：福建
　　人民出版社，2001：260）

黃德寬 等　肖　侯馬三四六，～弧

　　～，從月，小聲（或少聲），宵之初文。戰國文字～，除人名之外多為
　　姓氏，讀為趙。（古文字譜系疏證〔M〕，北京：商務印書館，2007：
　　889～890）

隋　⟨字⟩九八：一九（1），史～

《侯馬盟書·字表》355頁：墮。

劉釗　侯馬盟書隋字作「⟨字⟩」，去掉所從之「才」與古璽「⟨字⟩」字形同。
　　古璽「⟨字⟩」即應為「⟨字⟩」之省體，戰國文字中省去「又」旁者習見，
　　例不贅舉。（璽印文字釋叢（一）〔M〕，古文字考釋叢稿，長沙：嶽麓
　　書社，2005：161，亦見：考古與文物〔J〕，1990，2：44～49）

何琳儀　隋　侯馬三三八，史～

～，從阜，夸聲。（戰國古文字典〔M〕，北京：中華書局，1998：878）

黃德寬 等　隋　侯馬三三八，史～

　　～，從阜，夸聲。（古文字譜系疏證〔M〕，北京：商務印書館，2007：2327）

按：劉釗先生之說可從。

利　⿰利🔹一〇五：一（3）、🔹一〇五：一（4），不～于

何琳儀　利　侯馬三一一，不～于

　　侯馬盟書「不～于」，參《書·金縢》「公將不～于孺子。」（戰國古文字典〔M〕，北京：中華書局，1998：1260）

黃德寬 等　利　侯馬三一一，不～于

　　侯馬盟書～，《正字通·刀部》「～，害之反。」《書·金縢》「公將不～於儒子。」（古文字譜系疏證〔M〕，北京：商務印書館，2007：3079～3081）

則（勛）　🔹三：一九（6），～永亟覎之

曾志雄　則，王引之《經傳釋詞》：「則，猶『其』也。」

　　盟書「則」字「從鼎」的二十四例，「從貝」的僅一例，可見「從貝」這種寫法剛出現不久；其「刀」旁寫作「刃」的有二十二例，而作「刀」的只有二例，與金文「則」字幾乎全作「刀」旁不同（參閱補摹本《金文編》頁288），可見作「刃」的是個新興形式，它在盟書中已成為主流字形。（侯馬盟書研究〔D〕，香港：香港中文大學研究院中文學部博士論文，1993：186～187）

何琳儀　則　侯馬三一九，～永亟覎之（戰國古文字典〔M〕，北京：中華書局，1998：93）

黃德寬 等　則　侯馬三一九，～永亟覎之

　　～，周原甲骨文從刀，從鼎，會以刀刻鼎銘之意。（古文字譜系疏證〔M〕，北京：商務印書館，2007：3079～3081）

按：～，從鼎，從刃。字從「鼎」與周原甲骨文、《說文》籀文相同，保留了比較原始的形體，後「鼎」訛爲「貝」。

觷　[字形]九八：二八（1），司寇～

《侯馬盟書・字表》370 頁：[字形]。

朱德熙，裘錫圭　司寇觷的「觷」字，《說文・角部》作：

[字形]　　[字形]

隸變省作「觷」。戰國璽印文字有：

[字形]《徵》附 35 上　　　[字形]《徵》附 35 下

前人未釋，根據盟書「觷」字可以認出前一字是「觷」的簡體，後一字從水從觷，疑是「觷沸」（見《詩・大雅・瞻卬》，泉水湧出皃）之「觷」的專字。又《說文》以「[字形]」爲「誖」的籀文，所以「[字形]」也可能是「渤」的異體。司寇觷的「觷」字，第一種盟書（《侯馬東周盟誓遺址》圖九）從邑從[字形]，疑是「郭」字。《說文・邑部》：「郭，郭海地。從邑㪔聲。一曰地之起者曰郭。」（關於侯馬盟書的幾點補釋〔J〕，文物，1972，8：38）

曾志雄　盟書「觷」字共二十五例，省去兩個「口」旁的占九例；省去一個「口」旁的占四例；省去「角」旁的只有一例。我們認爲這些簡省形式都是新興的形式，從用例的數字來判斷，可知省去兩個「口」旁的是常見的簡省形式。

「司寇觷之子孫」一句，156：22、156：23 二片作「司寇觷及其子孫」。（侯馬盟書研究〔D〕，香港：香港中文大學研究院中文學部博士論文，1993：185）

何琳儀　觷　侯馬三五三，～

侯馬盟書～，或作[字形]、[字形]，人名。（戰國古文字典〔M〕，北京：中華書局，1998：1301）

湯余惠，賴炳偉，徐在國，吳良寶：[字形]。（戰國文字編〔M〕，福州：福建人民出版社，2001：282）

黃德寬 等 齏 侯馬三五三，～

　　侯馬盟書～，人名。(古文字譜系疏證〔M〕，北京：商務印書館，2007：

　　3279)

《侯馬盟書文字集釋》卷五

筮（簭）　一、一九四：三（1），～。二、三〇三：一（3），卜昰
吉～乙□。三、一七：一（1）、三四〇：一（2），□□～□□（殘）

《侯馬盟書・字表・殘字》：三四〇：一

山西省文物工作委員會　簭——「筮」字的繁體，音試（shi）。古代用蓍
　　草占卦叫做筮。（張頷，陶正剛，張守中，侯馬盟書〔M〕，太原：山
　　西古籍出版社，2006 年增訂本：45，亦見：山西省文物工作委員會，
　　侯馬盟書〔M〕，北京：文物出版社，1976 第一版）

李裕民　簭，筮的繁體，以蓍草占卦稱爲筮。（我國古代盟誓制度的歷史見
　　證——侯馬盟書〔J〕，文史知識，1986，6：58，亦見：李裕民，侯
　　馬盟書〔M〕，山西年鑒，太原：山西人民出版社，1986：428～430）

何琳儀　簭　侯馬三五〇，卜昰吉～乙□
　　侯馬盟書～，以蓍占吉凶。《詩・衛風・氓》「爾卜爾筮」，傳「蓍曰
　　筮」。（戰國古文字典〔M〕，北京：中華書局，1998：930）

湯余惠，賴炳偉，徐在國，吳良寶：筮。（戰國文字編〔M〕，福州：福建
　　人民出版社，2001：287）

劉國忠　其中的「筮」字告訴我們，這件盟書顯然與數術活動有關。至於筮，在春秋時期主要是用《周易》來占筮，這從《左傳》中的大量記載亦可得以反映。(侯馬盟書數術內容探討〔J〕，清華大學學報・哲學社會科學版，2006，4：85)

黃德寬　等　簭　侯馬三五〇，卜曰吉～乙□

　　古文字～，以蓍占吉凶。《詩・衛風・氓》「爾蔔爾～」，傳「蓍曰～」。(古文字譜系疏證〔M〕，北京：商務印書館，2007：2459)

簟（簟）　[字形]一：五七（1），～

湯余惠，賴炳偉，徐在國，吳良寶：簟。(戰國文字編〔M〕，福州：福建人民出版社，2001：297)

趙平安　西周冊命金文中賞賜物品「簟弼」，公認就是見於《詩經・國風・載驅》《小雅・采芑》、《大雅・韓奕》的「簟茀」。簟字番生簋作[字形]，毛公鼎作[字形]（此字也見於《侯馬盟書》一：五七，為參盟人名）。前者從竹覃聲，後者從盧聲。說明盧獨立成字，而且讀音也和覃、簟相近。上古覃和簟在侵部定母，鹽在談部喻母；三字韻母旁轉，聲紐同為舌音，語音相近。(戰國文字中的鹽字及相關問題研究〔J〕，考古，2004，8：56～57)

黃德寬　等　[字形]　侯馬三五一，～

　　～，從竹，盧聲。侯馬盟書～，人名。(古文字譜系疏證〔M〕，北京：商務印書館，2007：4049)

按：趙平安先生之說可從。

亓　[字形]一：二（1），以事～宝

劉翔　等　亓：語氣詞，表示祈使，經籍通作「其」。(侯馬盟書〔M〕，商周古文字讀本，北京：語文出版社，1989，9：209)

曾志雄　其：這是先秦時期常見的第三身代詞。易孟醇《先秦語法》認為「其」在先秦雖然主要是第三人稱代詞，但亦可作第一和第二人稱

代詞」。「其」字在盟書中有三種寫法「𠀠、其和丌。（侯馬盟書研究〔D〕，香港：香港中文大學研究院中文學部博士論文，1993：58）

金國泰、張玉春　如「其」「丌」是先秦就有的繁簡異體字，侯馬盟書、戰國銘文和漢墓帛書等都可見兩字異體同用。春秋銅器其次句鑃的主人和漢初受封爲陽阿侯的其石都是其氏，但後來「丌」興而「其」衰了，這不僅是要同常用語詞「其」相區別，也明顯有書寫求簡的目的。（漢字的異寫異讀與漢語姓氏的變化〔J〕，中國典籍與文化，1998，1：69）

何琳儀　丌　侯馬三一五，以事～宔（戰國古文字典〔M〕，北京：中華書局，1998：21～22）

黃德寬　等　丌　侯馬三一五，以事～宔

～，像薦物之器具形。或以爲晚周時期由截取「其」字下部結構而成形，乃「其」之省寫。戰國文字承襲晚周金文，或於其上加一羨劃作丌。盟書等～，代詞，表領屬關係。（古文字譜系疏證〔M〕，北京：商務印書館，2007：46～47）

巫　**晉**三：二〇（7）、**巫**三：二四（7），**而敢不～覡祝史**

郭沫若　「巫覡祝史戲，紒繹之皇君之所」：「巫覡」原簡一號與三號作「晉覡」。言既盟之後，當遣巫覡祝史將盟書獻上，敬陳於晉君。如其不然，則也「滅夷彼氏」──就是絕子絕孫。（新出侯馬盟書釋文〔J〕，文物，1972，3：6，亦見：郭沫若全集・考古編・第 10 卷・考古論集〔M〕，北京：科學出版社，1972：155～156）

山西省文物工作委員會　晉、覡、祝、史──均爲當時從事祭祀、祝禱、占卜、文書等職務的官吏或家臣。晉即巫，音烏（wū）。「覡」即「覡」，音襲（xí）。（張頷，陶正剛，張守中，侯馬盟書〔M〕，太原：山西古籍出版社，2006 年增訂本：39，亦見：山西省文物工作委員會，侯馬盟書〔M〕，北京：文物出版社，1976 第一版）

曾志雄　盟書「巫」字除作「巫」外（十例），更有於「巫」下加「口」的，共十九例，這應該是贅增的無義偏旁，形成趨新走向；此外，更有一

例於頂劃上加一短橫劃（91：5），這是新興的飾筆。「覡」字的「巫」
旁和「巫」字一樣，有十四例贅增「口」旁，十一例只從「巫」，以增
加「口」形的佔優勢。此外，有一例「覡」字作有「口」旁的「巫」
（96：8），字表失收，應是誤字。（侯馬盟書研究〔D〕，香港：香港
中文大學研究院中文學部博士論文，1993：188）

何琳儀　巫　侯馬三〇九，而敢不～覡祝史（3 例）

侯馬盟書「～覡」，見《國語・楚語》下「在男曰覡，在女曰～。」《荀
子・正論》「出戶而～覡有事。」（戰國古文字典〔M〕，北京：中華書
局，1998：605）

湯余惠，賴炳偉，徐在國，吳良寶：巫。（戰國文字編〔M〕，福州：福建
人民出版社，2001：302）

黃德寬　等　巫　侯馬三〇九，而敢不～覡祝史

侯馬盟書「～覡」，見《國語・楚語》下「在男曰覡，在女曰～」。《荀
子・正論》「出戶而～覡有事」。（古文字譜系疏證〔M〕，北京：商務
印書館，2007：1687～1688）

覡　三：二〇（7）、三：二四（7），而敢不巫～祝史

何琳儀　覡　侯馬三四五，而敢不巫～祝史

侯馬盟書～，見《國語・楚語》下「在男曰～，在女曰巫。」注「巫
～，見鬼者。」（戰國古文字典〔M〕，北京：中華書局，1998：737）

黃德寬　等　覡　侯馬三四五，而敢不巫～祝史

～，從巫，從見，會巫能見神明之意。或於巫下加口爲飾。侯馬盟書
「巫～」，見《荀子・正論》「出戶而巫～有事」，楊倞注「女曰巫，男
曰～，有事，祓除不祥。」（古文字譜系疏證〔M〕，北京：商務印書
館，2007：1998）

於　于一：一（2），～晉邦之地

曾志雄　于字在金文中有介詞、連詞及語氣詞等用法，在這裏是引介行爲

動作的處所的介詞。盟書「于」字屬古老用法，晉國當時大概尚未見採用「於」。（侯馬盟書研究〔D〕，香港：香港中文大學研究院中文學部博士論文，1993：103～104）

平 𠂔一：二（4）、𢆶一：五七（3），～𢓵

張頷　「平𢓵之命」不可解。（侯馬東周遺址發現晉國朱書文字〔J〕，文物，1966，2：1）

郭沫若　「平𢓵」疑即晉平公彪之時。（侯馬盟書試探〔J〕，文物，1966，2：5）

陳夢家　平𢓵疑即平時，見於《左傳》襄公三十年和昭公二十二年，杜注以爲周邑。（東周盟誓與出土載書〔J〕，考古，1966，2：275）

唐蘭　平𢓵郭沫若同志疑爲平公之時，都很對。按照屬羌鐘銘所說：「賞與韓宗，命於晉公」來看，前面說事其宗是趙宗，而命是晉公在定公平𢓵之命。平公是定公的曾祖，可能已經是祧廟，所以稱爲時。（侯馬出土晉國趙嘉之盟載書新釋〔J〕，文物，1972，8：32）

劉翔　等　平𢓵：經籍作「平時」，地名。《左傳·襄公三十年》：「成愆奔平時。」杜預注：「平時，周邑。」（侯馬盟書〔M〕，商周古文字讀本，北京：語文出版社，1989：208）

湯余惠　平𢓵，地名，《左傳·襄公三十年》：「成愆奔平時」，杜預注：「平時，周邑。」平時當即平𢓵。（侯馬盟書〔M〕，戰國銘文選，長春：吉林人民出版社，1993，9：197）

何琳儀　平　侯馬三〇三，定宮～𢓵之命（2例）
侯馬盟書～，疑「～邑」，地名。《史記·趙世家》獻侯十三年「城～邑」，在今河北南樂東北。「～𢓵」，讀「～時」，平邑之時。參𢓵字。（戰國古文字典〔M〕，北京：中華書局，1998：827～829）

黃德寬　等　平　侯馬三〇三，定宮～𢓵之命
侯馬盟書～，或疑爲「～邑」，地名。《史記·趙世家》獻公十三年「城～邑」，在今河北南樂東北。「～𢓵」，讀「葰時」，平邑之時。（古文字

譜系疏證〔M〕，北京：商務印書館，2007：2211～2212）

嘉 〔字〕一：二（1）、〔字〕一：三（1）、〔字〕一：四（1）、〔字〕一：五（1），敢不盡從～之明

陳夢家　嘉之即加之，《左傳》定公十年夾谷之會「將盟，齊人加於盟書曰」，加義同此。嘉之明定宮、平峙之命即加之於盟於定宮、平峙之誓命。（東周盟誓與出土載書〔J〕，考古，1966，2：275）

郭沫若　「嘉」殆地名。（侯馬盟書試探〔J〕，文物，1966，2：5）

郭沫若　「嘉」用爲加，謂罪加於自己及子孫。（新出侯馬盟書釋文〔M〕，郭沫若全集‧考古編‧第 10 卷‧考古論集，北京：科學出版社，1972：6）

唐蘭　下面的嘉字，應該是主盟者的名字，大夫□等應該是參與盟誓的人。嘉是主盟者的名字，所以參與盟誓的人都不敢不盡從嘉之盟。（侯馬出土晉國趙嘉之盟載書新釋〔J〕，文物，1972，8：31、32）

陶正剛，王克林　「嘉之」，即加之。（侯馬東周盟誓遺址〔J〕，文物，1972，4：31）

郭沫若　要之，「嘉」當即加陵，其地必在山西境內，是可以肯定的。至於夏陵，我不曾去調查考察過，沒有感性認識，實際情況到底怎樣，有待於有識者提供寶貴的意見。（桃都、女媧、加陵〔J〕，文物，1973，1：5～6）

李裕民　「嘉」字當從郭沫若同志釋「加」作動詞爲妥。（我對侯馬盟書的看法〔J〕，考古，1973，3：186）

長甘（即張頷）　在盟辭中對主盟人的稱渭有三種：一是「嘉」，二是「某」，三是「子趙孟」。盟約中有「敢不盡從嘉之明（盟）」的句子，其中的「嘉」字，就是參盟人對主盟人的稱謂。（侯馬盟書〔M〕，太原：山西古籍出版社，2006 年再版：63，亦見：山西省文物工作委員會，侯馬盟書〔M〕，北京：文物出版社，1976 第一版）

高明　唐蘭先生主張侯馬載書的主盟人是桓子趙嘉，是正確的，現在又有
　　了新的證據，在「委質類」載書中有「顉嘉之身及子孫」一句。郭沫
　　若同志謂：「嘉用爲加，謂罪加於自己及子孫。」根據以上考證，亦當
　　指桓子趙嘉之名。此文是用來約束參盟人的，意思是說待趙嘉殞身之
　　後，以至其子孫後世，亦要遵守所立的盟誓。
　　侯馬盟誓的的主盟人是桓子趙嘉，桓子執政僅有一年，因而關於舉行
　　盟誓的時間比較容易確定，當在周威烈王二年、晉幽公十四年、趙桓
　　子元年、西元前四二四年。（侯馬載書盟主考〔C〕，古文字研究·第
　　一輯，北京：中華書局，1979，8：106）

山西省文物工作委員會　從嘉之明──嘉，乃參盟人對主盟人尊美的稱
　　謂（詳見《「侯馬盟書」叢考》）。明，通「盟」字。（張頷，陶正剛，
　　張守中，侯馬盟書〔M〕，太原：山西古籍出版社，2006 年增訂本：
　　35，亦見：山西省文物工作委員會，侯馬盟書〔M〕，北京：文物出
　　版社，1976 第一版）

黃六平　異體字是一種跟規定的正體字同音同意而寫法不同的字。異體字
　　的出現，徒然增加人們的記憶負擔，把它作爲記錄語言的符號，那是
　　有百弊而無一利的。例如：

嘉──🔣三六：三，🔣一：四三

　　像「嘉」字在盟書中有一百多種寫法。上錄二體，簡直可以說它不是
同一個字。（從侯馬盟書看秦始皇統一文字〔C〕，大公報在港復刊三十周
年紀念文集·下卷，1978，9：817）

陳長安　唐蘭先生肯定了盟書中的「嘉」是主盟人名，我認爲這個「嘉」，
　　應是晉國大失詹嘉。以前考訂「趙嘉」「趙鞅」爲侯馬盟書的主盟人。
　　則盟書中的一些問題不能得到解釋。若把詹嘉作爲主盟人，則能詮解
　　盟書中各方面的問題。所以，侯馬盟書的盟主應是晉大夫詹嘉。（試探
　　《侯馬盟書》的年代、事件和主盟人〔M〕，中國古代史論叢·第三輯，
　　1981：187、191）

劉翔　等　嘉：善。（侯馬盟書〔M〕，商周古文字讀本，北京：語文出版

社，1989：207）

郭政凱 不少學者指出，「嘉」爲趙桓子的名，這是正確的。（侯馬盟書參
盟人員的身份〔J〕，陝西師範大學學報·哲學社會科學版，1989，4：
97）

林志強 在侯馬盟書中，對主盟人的稱謂有三種：一是「嘉」，二是「某」，
三是「子趙孟」。由於在有關春秋戰國時期的歷史記載中，稱「趙孟」
者有五人之多，且都在晉國，因此盟書中「子趙孟」究竟指哪一個便
引起了爭論。李裕民認爲是文子趙武，張頷認爲是簡子趙鞅，唐蘭認
爲是桓子趙嘉，郭沫若認爲是敬侯趙章。唐蘭的說法得到高明等人的
支持，與張頷的說法相抗衡。其他二說影響不大。（戰國玉石文字研究
述評〔J〕，中山大學研究生學刊，1990，4：45）

高智 「嘉」應爲對趙氏統治者的美稱，「某」爲諱稱。（侯馬盟書主要問
題辨述〔J〕，文物季刊，1992，1：38）

湯余惠 嘉，主盟者，它辭又稱「某」、「子趙孟」，即《左傳·定公九年》
「智伯從趙孟盟」的「趙孟」（趙鞅，趙簡子），其政敵中行寅（荀寅、
中行文子）亦見於盟書（105：1），是被詛的對象。（侯馬盟書〔M〕，
戰國銘文選，長春：吉林人民出版社，1993，9：197）

〔日〕江村治樹著，王虎應，史畫譯 主張盟誓爲趙氏內部之物，主盟者
爲其宗主之說的最有力的證據爲第二類盟書中「敢不盡從嘉之明」的
「嘉」的解釋。唐氏把「嘉」當作主盟者的人名。長氏則從新發現的
資料中注意到「敢不盡從子趙孟之明」之句，認爲「嘉」不是人名，
而是對主盟者的尊稱之詞。但是參盟者在盟誓地已表明服從主盟者之
意，根本無必要再在自己的盟書上特意記上順從主盟者之事，而重要
的是具體服從主盟者的盟誓內容。因此，第四類盟書中有「敢不達從
此明質之言」的說法，只說是服從盟誓，而沒有說服從主盟者。《左傳》
中的盟誓之句中常有「有渝此盟」的說法，而沒有把現在進行的盟說
成「某某之盟」的例子。再者「嘉之明」一句之後緊接著就是「定宮
平峙之命」之句，長氏認爲這是以前舉行盟時周王下的命令，「嘉之明」

與此並列，也有可能其盟是過去進行過的盟。雖有「子趙孟」的語句，
但並不能就肯定他是主盟者。（侯馬盟書考〔J〕，文物季刊，1996，1：
85～86）

曾志雄　嘉之明：這個「嘉」字和上一篇跟「大夫」相對的「嘉」基本上
可定爲一人。

嘉字在盟書中的寫法很多，根據《侯馬盟書》字表的統計，就有一百
一十四種，是全部盟書文字中字形最多的一個字。這一百多種寫法，
基本由「壴」或其變體（近似由「禾、豆」合成）和「加」兩部分組
成，可是由於沒有用例偏多的形體（用例最多的都不超過八例，一共
兩形），所以找不到個佔優勢或主流的字形。這是盟書文字中比較奇怪
的現象，需要加以探究。（侯馬盟書研究〔D〕，香港：香港中文大學
研究院中文學部博士論文，1993：66、72）

趙世綱，羅桃香　「嘉」不是趙嘉，當是懿美之稱。（論溫縣盟書與侯馬盟
書的年代及其相互關係〔C〕，汾河灣——丁村文化與晉文化考古學
術研討會文集，太原：山西高校聯合出版社，1996，6：154）

高明　我認爲唐蘭先生主張侯馬載書的主盟人是桓子趙嘉的說法，是可以
相信的。（載書〔M〕，中國古文字學通論，北京：北京大學出版社，
1996，6：423）

何琳儀　嘉　侯馬三四三，～

《說文》「～，美也。從壴，加聲。」戰國文字變異甚劇，簡繁莫定。壴旁
多有省變，加旁或附ᘓ、ᐣ、丶爲飾，或以又、心替換加所從口旁。（戰
國古文字典〔M〕，北京：中華書局，1998：842）

李學勤　這個嘉是誰呢？我認爲就是趙嘉，不過不是耄年逐獻侯自立時的
趙嘉，而是年少時的趙嘉。（侯馬、溫縣盟書曆朔的再考察〔M〕，華
學·第 3 輯，1998，11：167，亦見：夏商周年代學箚記〔M〕，遼寧：
遼寧大學出版社，1999，10：134～139）

謝堯亭　侯馬盟書的主盟人有三種稱謂，「子趙孟」、「某」和「嘉」。其中

「子趙孟」只見於 Kl：22，「某」只見於 Kl：86，「嘉」之稱在盟書中
習見。「嘉」在侯馬盟書中有四種文例：「從嘉之盟」，「以事嘉」，「女
嘉之」和「殁嘉之身」。

「嘉」是主盟人的名字。（山西省考古學會論文集（三）〔C〕，山西省
考古學會編，太原：山西古籍出版社，2000，11：314）

湯余惠，賴炳偉，徐在國，吳良寶：嘉。（戰國文字編〔M〕，福州：福建
人民出版社，2001：310）

王志平　從盟書內容上看，「嘉」確非美稱和尊稱，應為人名無疑，把「嘉」
視為趙嘉是很合理的。（侯馬盟書盟主稱謂與相關禮制〔C〕，古文字
研究・第二十四輯，北京：中華書局，2002，7：312）

黃德寬 等　嘉　侯馬三四三，～（古文字譜系疏證〔M〕，北京：商務印
書館，2007：2243～2244）

按：盟書中「～」的含義，李學勤先生之說可從。

※豎 ＿＿一：八〇（1），～

何琳儀　豎　侯馬三四九，～

～，從取省，豆聲。豎之省文。侯馬盟書人名豎或省作～，是其確證。
參豎字。戰國文字～，人名。（戰國古文字典〔M〕，北京：中華書局，
1998：370）

黃德寬 等　豎　侯馬三四九，～

～，從臣，豆聲。疑豎之省文。參豎字。戰國文字～，人名。（古文字
譜系疏證〔M〕，北京：商務印書館，2007：1006）

虖 ＿＿一：一（2），群～盟者

張頷　「虖」通「呼」。（侯馬東周遺址發現晉國朱書文字〔J〕，文物，1966，
2：2）

郭沫若　「虖」讀為鱯，破也。「鱯盟」即是既盟之人背違盟誓。（侯馬盟
書試探〔J〕，文物，1966，2：5，亦見：郭沫若，郭沫若全集・考古

編・第 10 卷〔M〕，北京：科學出版社，1972：131～144）

郭沫若　「虖」是虎吼。（新出侯馬盟書釋文〔M〕，郭沫若全集・考古編・
　　第 10 卷・考古論集，北京：科學出版社，1972：155）

唐蘭　虖讀如罅和墟，《說文》：「罅，裂也」。又「墟」或作「隓」，「圻也」。
　　「圻，裂也」。可見虖有裂義。（侯馬出土晉國趙嘉之盟載書新釋〔J〕，
　　文物，1972，8：32）

劉翔　等　虖：呼嘯。《說文・五上》：「虖，哮虖也。」段玉裁注：「《通俗
　　文》曰：『虎聲謂之哮唬。』疑此哮虖當作哮唬。」（侯馬盟書〔M〕，
　　商周古文字讀本，北京：語文出版社，1989，9：208）

曾志雄　「虖」字《說文》析爲「從虍乎聲」，也是形聲字。虖字的「乎」
　　旁盟書幾乎都沒有最頂的一畫，同於甲骨文的寫法⌗（見《古文字類
　　篇》頁 366），應是古老形式；而「乎」旁中間的直畫往往又跟「虍」
　　旁的中畫連接起來，形成筆畫借用。有三例虖字添加「口」旁作「嘑」，
　　張振林認爲屬春秋戰國期間的寫法（見《先秦古文字材料中的語氣詞》
　　頁 294），應該是個新形式；另有一例於左旁加「亻」作「傅」（92：
　　23），也應是新增的偏旁。（侯馬盟書研究〔D〕，香港：香港中文大學
　　研究院中文學部博士論文，1993：106）

高明　群虖盟者是指結黨破壞盟誓的人。（載書〔M〕，中國古文字學通論，
　　北京：北京大學出版社，1996，6：426）

何琳儀　虖　侯馬三四六，群～盟者
　　～，從乎，虍爲疊加音符。侯馬盟書「～盟」，讀「詛盟」，即「詛盟」。
　　《漢書・王子侯表》上「鄗侯舟坐祝詛上要斬」，注「詛，古詛也。」
　　詛作詛、詛，猶乎作虖，均疊加音符虍。《書・呂刑》「以覆詛盟」，傳
　　「反詛盟之約」。《周禮・春官・詛祝》「掌盟詛」，注「大事曰盟，小
　　事曰詛。」（戰國古文字典〔M〕，北京：中華書局，1998：455）

湯余惠，賴炳偉，徐在國，吳良寶：虖。（戰國文字編〔M〕，福州：福建
　　人民出版社，2001：313）

黃德寬 等　虖　侯馬三四六，群～盟者

　　～，從乎，虍為疊加音符。侯馬盟書「～盟」，讀「譴盟」，即「詛盟」。《書・呂刑》「以覆詛盟」，傳「反詛盟之約」。《周禮・春官・詛祝》「掌盟詛」，注「大事曰盟，小盟曰詛」。（古文字譜系疏證〔M〕，北京：商務印書館，2007：1281～1282）

按：～，雙聲符字，虍、乎皆聲。盟書中～，應如唐蘭先生所說，讀如罅和墟。

※虜　䰞一：一（2），～君其明亟視之

郭沫若　「虜君」指晉公。（侯馬盟書試探〔J〕，文物，1966，2：5）

陳夢家　「虜君其明亟視之」猶《左傳》僖公二十八年載書曰「明神先君，是糾是殛」，糾即察視，《晉世家》記文公與子犯盟曰「河伯視之」。（東周盟誓與出土載書〔J〕，考古，1966，2：275）

湯余惠　吾君其明亟覬之：意思是先君將在冥冥之中警惕地注視我（指盟誓者毆虒）的一舉一動。（侯馬盟書〔M〕，戰國銘文選，長春：吉林人民出版社，1993，9：198）

何琳儀　虜　侯馬三五一，～君其明亟覬之

　　～，從魚，虍為疊加音符聲。侯馬盟書～，讀吾。（戰國古文字典〔M〕，北京：中華書局，1998：502～503）

黃德寬 等　虜　侯馬三五一，～君其明亟覬之

　　～，從虍，魚聲。疑䰞之省文。《集韻》「䰞，細切肉也。」或說虍為疊加音符。侯馬盟書～，讀吾。（古文字譜系疏證〔M〕，北京：商務印書館，2007：1413～1414）

按：～，此為雙聲符的字。虍，上古為魚部曉紐；魚，上古為魚部疑紐，曉、疑紐同為牙音，二者又疊韻。盟書中～，讀為吾。吾，上古為魚部疑紐。吾與魚為雙聲疊韻，吾與虍音近。「～君」，指逝去的先君，這裏指逝去的晉公。

盡　**盡**一：二（1）、**盡**一六：一〇（1），**而敢不～從嘉之盟**

郭沫若　「盡從」謂完全依從。（侯馬盟書試探〔J〕，文物，1966，2：5）

劉翔　等　盡：完全。（侯馬盟書〔M〕，商周古文字讀本，北京：語文出版社，1989，9：207）

何琳儀　盡　侯馬三四八，而敢不～從嘉之盟

　　侯馬盟書～，或作**盡**。《廣韻》「盡，竭也。」（戰國古文字典〔M〕，北京：中華書局，1998：1155～1156）

湯余惠，賴炳偉，徐在國，吳良寶：盡。（戰國文字編〔M〕，福州：福建人民出版社，2001：319）

黃德寬　等　盡　侯馬三四八，而敢不～從嘉之盟

　　侯馬盟書～，楊樹達《詞詮》「～，表數副詞，悉也，皆也。」（古文字譜系疏證〔M〕，北京：商務印書館，2007：3559）

盦　**盦**一五六：二〇（1），**～章**

郭沫若　「盦章」一名與楚惠王姓名全同，但在這裏是趙國的家臣，決非楚惠王。他也決非趙敬侯章，名同姓不同，而且一個人爲一件事不能寫兩件盟書。（新出侯馬盟書釋文〔M〕，郭沫若全集・考古編・第10卷・考古論集，北京：科學出版社，1972：153）

陶正剛，王克林　「盦章」是參與盟誓者的人名。（侯馬東周盟誓遺址〔J〕，文物，1972，4：30）

山西省文物工作委員會　盦章——參盟人名。盦音安（ān）。（張頷，陶正剛，張守中，侯馬盟書〔M〕，太原：山西古籍出版社，2006年再版：38，亦見：山西省文物工作委員會，侯馬盟書〔M〕，北京：文物出版社，1976第一版）

高明　「盦章」乃參加盟者之名。（載書〔M〕，中國古文字學通論，北京：北京大學出版社，1996，6：428）

曾志雄　盦章：人名，由下文「章沒嘉之身」看，「章」似乎爲自稱之名，

那麼「盍」可能是姓。（侯馬盟書研究〔D〕，香港：香港中文大學研究院中文學部博士論文，1993：148）

何琳儀　盍　侯馬三五〇，～章

侯馬盟書「～章」，讀「熊章」。參盍字。熊，姓氏。黃帝有熊氏之後。見《元和姓纂》。（戰國古文字典〔M〕，北京：中華書局，1998：1390～1391）

湯余惠，賴炳偉，徐在國，吳良寶：盍。（戰國文字編〔M〕，福州：福建人民出版社，2001：319）

黃德寬　等　盍　侯馬三五〇，～章

侯馬盟書～，讀熊，姓氏。參盍字。（古文字譜系疏證〔M〕，北京：商務印書館，2007：3885）

按：何琳儀先生之說可從。

※ 黰　一七九：一（1），～

陳漢平　盟書有人名字作，字表未釋。《說文》：「覛，衺視也。從𠂢，從見。覛，籀文。」「脈，血理分衺行體者。從𠂢，從血。脈，脈或從肉。衇，籀文。莫獲切。」字從皿，從覛（脈），從木（從木似為聲符），當釋為脈、脈、衇字。（侯馬盟書文字考釋〔M〕，屠龍絕緒，哈爾濱：黑龍江教育出版社，1989，10：356）

李裕民　黰　《侯馬盟書》宗盟類四之一七九：一。

即黑，盟書黑字作，楚帛書作（墨字偏旁）。此字從黑從木從皿，隸定為黰，字書所無。這裏是參盟人名。（侯馬盟書疑難字考〔C〕，古文字研究·第五輯，1981，1：298）

何琳儀　黰　侯馬三五八，～

～，從皿，從木，黑聲。人名。（戰國古文字典〔M〕，北京：中華書局，1998：5）

黃德寬　等　黰　侯馬三五八，～

～，從皿，從木，黑聲。侯馬盟書～，人名。（古文字譜系疏證〔M〕，

北京：商務印書館，2007：17）

衁 衁一〇五：二（1），無～

何琳儀　衁　侯馬三一八，無～

　　侯馬盟書「無～」，習見人名。（戰國古文字典〔M〕，北京：中華書局，
　　1998：1095）

湯余惠，賴炳偉，徐在國，吳良寶：衁。（戰國文字編〔M〕，福州：福建
　　人民出版社，2001：322）

黃德寬 等　衁　侯馬三一八，無～

　　～，從血，冂聲。侯馬盟書「無～」，習見人名。（古文字譜系疏證
　　〔M〕，北京：商務印書館，2007：3313～3314）

盍（盉）　盍六七：五二（1），～

湯余惠，賴炳偉，徐在國，吳良寶：盍（盉）。（戰國文字編〔M〕，福州：
　　福建人民出版社，2001：322）

井　井八五：四（1），～

曾志雄　井：這個字是參盟人名，和159號的「城」字作為被誅人名（邵
　　城）用法相同；在盟書中這個字又可以寫作「坓」或「阱」，《侯馬盟
　　書・字表》把前一字形釋為「城」，後一字形釋為「陣」，我們在第四
　　章已經指出這是不對的。參照盟書文字的變化，「井」、「坓」、「阱」可
　　視為一字繁簡不同的寫法，吳振武據《六書統》定「坓」為古文「型」。
　　我們認為這個意見是不錯的，因此23號和159號可合為一字，隸為「坓」
　　或「型」。（侯馬盟書研究〔D〕，香港：香港大學博士論文，1993，7：
　　230）

湯余惠，賴炳偉，徐在國，吳良寶：井。（戰國文字編〔M〕，福州：福建
　　人民出版社，2001：324）

姜允玉　這個字是參盟人名，和159號的「城」字作為被誅人名（邵城）

用法相同；在盟書中這個字又可以寫作「垟」或「陸」，《字表》把前一字形釋爲「城」，後一字形釋爲「陸」，我們認爲這是不對的。參照盟書文字的變化，「井」、「垟」、「型」可視爲一字繁簡不同的寫法，吳振武據《六書統》定「垟」爲古文「型」。我們認爲這個意見是不錯的，因此井和垟可合爲一字，隸爲「垟」或「型」。（《侯馬盟書・字表》補正〔M〕，古文字研究・第二十七輯，北京：中華書局，2008：366）

按：姜允玉先生之說完全來自於曾志雄先生之說，但沒有標明出處。

既　𣄰三：二〇（7）、𣄰一五六：二四（6），～質之後

陶正剛，王克林　「既」，是已的意思。（侯馬東周盟誓遺址〔J〕，文物，1972，4：31）

曾志雄　既，《先秦語法》列爲「表過去時間的副詞」，其義爲「已經、業已」（頁302～303）。

盟書「既」字「從皀從旡」，其「皀」旁有一例下部開口作二劃（203：9），張振林認爲這是春秋後期至戰略時流行寫法（《試論銅器銘文形式上的時代標記》頁74）；「無」旁在十七例「既」字中有八例作「欠」，但盟書從「欠」旁的字（例如上面的「坎、趺、致、欮」等字）卻沒有一例作「旡」，反映出「旡」旁與「欠」旁的關係並不是互通的。（侯馬盟書研究〔D〕，香港：香港中文大學研究院中文學部博士論文，1993：187～188）

何琳儀　既　侯馬三一九，～質之後
戰國文字～，副詞。《廣雅・釋詁》四「～，已也。」（戰國古文字典〔M〕，北京：中華書局，1998：1195～1196）

湯余惠，賴炳偉，徐在國，吳良寶：既。（戰國文字編〔M〕，福州：福建人民出版社，2001：325～326）

餖　𩜁四九：二（3）、𩜁八五：三二（4）、𩜁一九八：一九（3），麵～

曾志雄　《集韻・勁韻》「醜正切」下有「餖」字，注云：「饋也。」餖字

盟書大多數作「歀」;「餵」字作「歀」,大概同於上文「瘓」字作「欨」
一樣,不是偏旁通用而屬形聲化孳乳現象。(侯馬盟書研究〔M〕,香
港:香港大學博士論文,1993:100)

黃德寬 等　餵　侯馬三三〇,趜～

～,從食,呈聲。或加止繁化。食旁或省作🔳。《集韻》「～,饋也。」
侯馬盟書～,人名。(古文字譜系疏證〔M〕,北京:商務印書館,
2007:2161)

按:《古文字譜系疏證》之說可從。

今　🔳六七:一(1)、🔳六七:二六(1),自～以往

曾志雄　盟書「今」字寫法類似今天「匀」字,因結構簡單,字形無大變
化,僅一例反書,是方位未定的遺留。(侯馬盟書研究〔M〕,香港:
香港大學博士論文,1993:199)

湯余惠,賴炳偉,徐在國,吳良寶:今。(戰國文字編〔M〕,福州:福建
人民出版社,2001:331)

黃德寬 等　今　侯馬三〇一,自～以往

甲骨文～,從亼,右下加短橫分化為～,亼亦聲。或說,亼像倒口之
形,右下短橫表示口中有所含,指事。含之初文。古文字～,是時,
現在。《詩·魯頌·有駜》「自～以往,歲其有。」(古文字譜系疏證
〔M〕,北京:商務印書館,2007:3878～3879)

舍　🔳三:二〇(4),関～(人名)

曾志雄　舍,在這裏是人名。

盟書的「舍」字全作「舍」,和曹錦炎所描述古文字「舍」的形構一樣。
由於「余」旁已加兩點,可以說是新興形式。但所加的兩點有的放在
二橫劃之下(五例),有的放在二橫劃之間(二十例),這應該是部位
遊移;另有三例在字下加「蟲」旁,則屬更新的形聲字。(侯馬盟書中
的人名問題〔C〕,容庚先生百年誕辰紀念文集,廣州:廣東人民出版
社,1998:181～182)

何琳儀　舍　侯馬三一一，閦～

　　～，金文作🜚（牆盤）。從余，口爲分化符號。余、～一字分化。戰國文字承襲金文。口或作日形，或僞作口形與小篆同。《說文》「～，市居日～。從△、屮，像屋也。口像築也。（始夜切）」（五下六）（戰國古文字典〔M〕，北京：中華書局，1998：534）

湯余惠，賴炳偉，徐在國，吳良寶：舍。（戰國文字編〔M〕，福州：福建人民出版社，2001：331）

黃德寬　等　舍　侯馬三一一，閦～

　　～，從余，口爲分化符號。余亦聲。戰國文字口旁或作🜚、🜚形，後者與小篆所從吻合，已非初形。（古文字譜系疏證〔M〕，北京：商務印書館，2007：1492～1493）

入　一、人三：二一（1），出～。二、★一：六一（3），復～。三、★六七：三（1），～室

朱德熙，裘錫圭「入」在這裏當「使……入」講，也可以就讀作「納」。（關於侯馬盟書的幾點補釋〔J〕，文物，1972，8：36）

何琳儀　入　侯馬二九八，出～；侯馬三〇〇，～室

　　侯馬盟書「～室」，或作「內室」。見內字。（戰國古文字典〔M〕，北京：中華書局，1998：1379）

湯余惠，賴炳偉，徐在國，吳良寶：入。（戰國文字編〔M〕，福州：福建人民出版社，2001：333）

黃德寬　等　入　侯馬二九八，出～；侯馬三〇〇，～室

　　侯馬盟書「～室」，或作「內室」。參內字。（古文字譜系疏證〔M〕，北京：商務印書館，2007：3851～3852）

內　一、內九二：一二（1），宗～。二、內六七：一（1），～室。三、內一〇五：一（2），出～

高明　「而尚敢或納室者」，「納室」是指當時有些貴族依仗權勢兼併他人

的財產和家室。（戰國古文字資料綜述・載書〔M〕，中國古文字學通論，北京：北京大學出版社，1996：430）

衛今，晉文　在盟辭中反對的「納室」，指的就是晉厲公那樣的「納室」，就是反對奪取別族的「室」來擴大奴隸制的剝削和統治。把「納室」作爲一個嚴重的政治問題而舉行盟誓，甚至單獨作爲一種類型出現在盟書中，這是十分值得注意的現象。「侯馬盟書」中態度鮮明地反對「納室」，正是表明了當時在這個問題上的激烈鬥爭。（「侯馬盟書」和春秋後期晉國的階級鬥爭〔J〕，文物，1975，5：4，亦見：張頷，陶正剛，張守中，侯馬盟書〔M〕，太原：山西古籍出版社，2006年增訂本：5～6，亦見：山西省文物工作委員會，侯馬盟書〔M〕，北京：文物出版社，1976第一版）

長甘（即張頷）內室——內，通於「納」字。室，爲當時的一種奴隸單位（詳見《「侯馬盟書」叢考》）。（張頷，陶正剛，張守中，侯馬盟書〔M〕，太原：山西古籍出版社，2006年增訂本：40，亦見：山西省文物工作委員會，侯馬盟書〔M〕，北京：文物出版社，1976第一版）

戚桂宴　「內室」即「納室」，「內」與「納」古通用。
　　「納室」在古書中也寫作「委室」，委，歸也，也是「納之公」的意思。（侯馬石簡史探〔J〕，山西大學學報， 1982，1：83、84）

曾志雄　我們認爲，「納」是個後起的形聲字，在侯馬盟書中，「納」這個形式還未出現，經常寫與成「入、內」二字，情況和金文一樣。「入」是個基本詞形，「內」是由「入」的某些用法（意義）分化出來的，所以二者用法有交疊，也有分別：它們不是純粹的古今字。二者的關係，頗類似上文「不、丕」的一對孳乳字（見上文「不」字）。
　　盟書「內」字可作「入」字用（例如「出內（入）」），可作「納」字用（例如「內（納）室」）；若依字義原則（見下文48號「丕」字的討論）則不應出「內」字字頭，而應將此條析爲「入、納」二字，分入於「入、納」二字下。（侯馬盟書研究〔D〕，香港：香港大學博士論文，1993：90、230）

何琳儀　內　侯馬二九八，出～

侯馬盟書「出～」，讀「出入」。侯馬盟書「～室」，讀「納室」，兼併
他人財產家室。《國語‧晉語》「納其室以分婦人。」（戰國古文字典
〔M〕，北京：中華書局，1998：1257～1258）

黃德寬 等　內　侯馬二九八，出～；而尚敢或～室者
　　侯馬盟書「出～」，讀作「出入」。侯馬盟書「～室」，讀作「納室」，
　　兼併他人財產家室。《國語‧晉語》「納其室以分婦人。」（古文字譜系
　　疏證〔M〕，北京：商務印書館，2007：3253～3256）

侯　一、侯二○○：二五（1），～□。二、侯一○五：二（1），～宔

《侯馬盟書‧字表》336頁：侯，侯二○○：二五，二例

《侯馬盟書‧字表‧殘字》384頁：侯一○五：二。

何琳儀　矦　侯馬三一九，～
　　其他～，除人名之外，均見a。a齊金～，五等爵之第二等。《孟子‧
　　萬章下》「公一位，～一位。」又凡指諸侯。（戰國古文字典〔M〕，北
　　京：中華書局，1998：331～332）

黃德寬 等　矦　侯馬三一九，～；～宔
　　戰國文字～，讀侯。《孟子‧萬章》下「公～位，侯～位。」如「陳
　　～」、「匽侯」、「盠澗～」、「信成～」、「春平～」、「春成～」、「郾諤～」、
　　「中山～」、「曾～」、「厷～」等。（古文字譜系疏證〔M〕，北京：商
　　務印書館，2007：918～920）
　　按：《侯馬盟書‧字表》336頁的「二例」，應改為「一例」。

良　良九二：一○（1），～生

《侯馬盟書‧字表‧存疑字》375頁：良九二：一○。

吳振武　「宗盟類」92：10 有參盟人良。良字《字表》不識，入「存疑
　　字」欄。
　　我們認為此字應當釋為「良」。「良」字小篆作良，《說文‧富部》謂：
　　「善也。從富省，亡聲。」按甲骨文中有一個作良、良、良等形的字

（《甲》757 頁），舊釋爲「良」；西周金文中的「良」字作 𩛿、𩜁、𩜊、𩛷 等形（《金》303 頁）。從甲骨文和西周金文中的「良」字來看，可知《說文》對「良」字的結構分析完全是依據小篆形體立說的。我們認爲「良」字最初並不從「亡」聲，其後來以「亡」爲聲是由於字形的逐漸演化和音理上的巧合形成的。金文中的「良」字上部往往從一個或兩個以「人」非「人」的形體，而在戰國文字中，「良」字上部或從「人」，如上引「三十二年」戈和古璽中的「良」字（戰國文字中的「人」旁作 ～ 者習見）；或從「化」，如上引中山王方壺銘文中的「良」字。盟書「良」字上部從 ⺍，顯然和中山王方壺銘文中「良」字所從的「化」相近似。（讀侯馬盟書文字箚記〔M〕，中國語文研究（香港）・第 6 期，1984，5：17）

陳漢平　盟書有人名𩛿生，字表未釋，此人名當釋「良生」。（侯馬盟書文字考釋〔M〕，屠龍絕緒，哈爾濱：黑龍江教育出版社，1989，10：356）

復　一、𡕛一：五（1）、𡕛一五六：八（1），敢不闌其～心。二、𡕛一：七二（3）、𡕛八五：二五（3）、𡕛九二：二二八（2）、𡕛，～趙孤及其子孫

《侯馬盟書・字表》348 頁：復。

陳夢家　復或從肉，或又從辵。

　　「復」可有兩種解釋：一爲復位，如晉景公既滅趙氏族，後又復趙武以續趙宗，《趙世家》謂之「趙氏復位」；一爲回還，《左傳》宣公二年趙宣子「遂自亡也……宣子未出山而復」，復與奔亡相對待。今採後說，詳下。「而敢又志複趙北及其子孫……於晉邦之地者」，謂如敢有謀使奔亡的趙氏及其子孫回還於晉國之境者。（東周盟誓與出土載書〔J〕，考古，1966，2：275）

陶正剛，王克林　「復」，返回的意思。（侯馬東周盟誓遺址〔J〕，文物，1972，4：31）

朱德熙，裘錫圭「復入」的「復」，與第一種、第二種盟書「又（有）志復

趙𠇑及其子孫」的「復」字意義不同。（關於侯馬盟書的幾點補釋〔J〕，文物，1972，8：36）

山西省文物工作委員會　復入──指逃亡國外，又用叛亂、政變之類的手段，捲土重來，返回國內。《左傳‧成公十八年》：「凡去其國，同逆而立之曰入；復其位曰復歸；諸侯納之曰歸，以惡曰復入。」注：「身為戎首，稱兵入伐，害國殄民者也。」《春秋‧襄公二十三年》：「晉欒盈復入於晉。」注：「以惡入曰復入。」（「侯馬盟書」注釋四種〔J〕，文物，1975，5：20，亦見：張頷，陶正剛，張守中，侯馬盟書〔M〕，太原：山西古籍出版社，2006 年增訂本：39，亦見：山西省文物工作委員會，侯馬盟書〔M〕，北京：文物出版社，1976 第一版）

何琳儀　復　侯馬三三二，～趙狐及其子孫（3 例）；侯馬三四〇，敢不𡚘其～心（3 例）

侯馬～，讀復，反復。侯馬～，讀腹。見腹字。（戰國古文字典〔M〕，北京：中華書局，1998：251）

湯余惠，賴炳偉，徐在國，吳良寶：複。（戰國文字編〔M〕，福州：福建人民出版社，2001：345）

黃德寬　等　復　侯馬三三二，～趙狐及其子孫；侯馬三四〇，敢不𡚘其～心

侯馬盟書「～趙狐」之～，讀復，回復，「～心」之～，讀腹。見「腹」字。（古文字譜系疏證〔M〕，北京：商務印書館，2007：716～717）

按：～，從攵，畐省聲；攵或部位上移，成𢀩形狀。

韋（韋）　韋一六：三（5），～書之言

《侯馬盟書‧字表》324 頁：韋。

山西省文物工作委員會　韋書──韋同於違，書指盟書。《穀梁傳‧僖公九年》：「讀書加於牲上。」《左傳‧昭西元年》：「讀舊書。」都是指盟書。（張頷，陶正剛，張守中，侯馬盟書〔M〕，太原：山西古籍出版社，2006 年增訂本：32，亦見：山西省文物工作委員會，侯馬盟

書〔M〕，北京：文物出版社，1976 第一版）

何琳儀　韋　侯馬三〇七，～書之言

　　侯馬盟書「～書」，～編竹書。《史記‧孔子世家》「讀《易》～編三絕。」（戰國古文字典〔M〕，北京：中華書局，1998：1176）

黃德寬 等　韋　侯馬三〇七，～書之言

　　侯馬盟書「～書」，～編竹書。《史記‧孔子世家》「讀《易》～編三絕。」（古文字譜系疏證〔M〕，北京：商務印書館，2007：2869～2870）

按：何琳儀先生之說可從。

弟　㐷三：一九（3），兄～

曾志雄　「弟」字盟書八十六例作㐷，字形基本上與金文和小篆相同；另有作㐷（67：13）、作㐷（67：38）的各一例。比照金文所有「弟」字都有右上角的一小畫（見補摹本《金文編》頁 386），我們認為 67：38 片的「弟」字為省筆寫法，67：13 片的「弟」字筆畫游移。徐中舒認為金文「弟」字「從弋從已」，但據金文「已」字筆畫由直畫構成，與「弟」字作曲筆不類，盟書亦然，徐說恐不合。（侯馬盟書研究〔D〕，香港：香港中文大學研究院中文學部博士論文，1993：164）

何琳儀　弟　侯馬三〇九，兄～

　　侯馬盟書～，見《爾雅‧釋親》「男子先生為兄，後生為～。」（戰國古文字典〔M〕，北京：中華書局，1998：1240～1241）

湯余惠，賴炳偉，徐在國，吳良寶：弟。（戰國文字編〔M〕，福州：福建人民出版社，2001：350）

黃德寬 等　弟　侯馬三〇九，兄～

　　侯馬盟書～，用為兄～之～。《爾雅‧釋親》「男子先生為兄，後生為～。」（古文字譜系疏證〔M〕，北京：商務印書館，2007：3046～3047）

韓　䔛一：四五（1），～

湯余惠，賴炳偉，徐在國，吳良寶：韓。（戰國文字編〔M〕，福州：福建

人民出版社，2001：464）

按：盟書中～，宗盟類參盟人名。

《侯馬盟書文字集釋》卷六

柗　〔字形〕一五六：二〇（2），比～

陳漢平　盟書有人名字作〔字形〕，字表釋柗，未確。此字當釋楥。《說文》：「楥，履法也。從木，爰聲。讀若指揮。」楥字作爲人名似不當讀爲「履法」之「楥」，而當讀爲「隱」。《說文》：「〔字形〕，棼也。從木，㥯聲。」（㥯字從心，爰聲。）「棼，复屋棟也。」（侯馬盟書文字考釋〔M〕，屠龍絕緒，哈爾濱：黑龍江教育出版社，1989，10：350）

何琳儀　柗　侯馬三一〇，比～
　　《說文》「～，木也。從木，孚聲。」侯馬盟書～，人名。（戰國古文字典〔M〕，北京：中華書局，1998：131～132）

黃德寬　等　柗　侯馬三一〇，比～
　　侯馬盟書～，人名。（古文字譜系疏證〔M〕，北京：商務印書館，2007：2469）

柳　〔字形〕一：四一（1），仁～叀

何琳儀　柳　侯馬三二二，仁～叀
　　《說文》「～，小楊也。從木，丣聲。丣，古文酉。」（戰國古文字典〔M〕，北京：中華書局，1998：264）

黃德寬 等　柳　侯馬三二二，仁～弝

　　侯馬盟書「仁～弝」，參盟人名。（古文字譜系疏證〔M〕，北京：商務
　　印書館，2007：746～747）

某 　某一：八六（2），～之盟

長甘（即張頷）　這裏的「嘉」字，有時換寫爲「某」字（一：八六），「某」
　　應是參盟人對主盟人的諱稱。當時不但卿、大夫對國君不能直稱其名，
　　而且卿、大夫的家臣、邑宰對卿、大夫也不能直稱其名。《說文通訓定
　　聲》「某」字條：「臣諱君故曰某。」《左傳・桓公六年》：「終將諱之。」
　　疏：「君父生存之時，臣子不得指斥其名也。」（「侯馬盟書」叢考〔J〕，
　　文物， 1975，5：12，亦見：張頷，陶正剛，張守中，侯馬盟書〔M〕，
　　太原：山西古籍出版社，2006 年增訂本：63，亦見：山西省文物工作
　　委員會，侯馬盟書〔M〕，北京：文物出版社，1976 第一版）

何琳儀　某　侯馬三二二，～之盟

　　侯馬盟書～，見《玉篇》「～，不知名者曰～。」（戰國古文字典〔M〕，
　　北京：中華書局，1998：131～132）

湯余惠，賴炳偉，徐在國，吳良寶：某。（戰國文字編〔M〕，福州：福建
　　人民出版社，2001：360）

黃德寬 等　某　侯馬三二二，～之盟

　　侯馬盟書～，見《玉篇》「～，不知名者曰～。」（古文字譜系疏證〔M〕，
　　北京：商務印書館，2007：325）

朱 　朱三：一九（3），趙～

曾志雄　「朱」字盟書基本從「木」，在中間有一橫劃；此外，也有一例在
　　「木」字中間作二橫劃的（195：8）。比照金文絕大多數「朱」字都作
　　一劃（見補摹本《金文編》頁 394），我們認爲寫作二橫劃的「朱」字
　　屬筆劃繁飾的例子。今本《汗簡》和大多數璽印中的「朱」字都從二
　　橫劃，可見作二橫劃的的確屬後起的特徵。（侯馬盟書研究〔D〕，香
　　港：香港中文大學研究院中文學部博士論文，1993：177）

何琳儀　朱　侯馬三〇五，趙～

〜，從木，加一短橫表示根株在土上者。指事，木亦聲（均屬侯部）。〜爲木之準聲首。〜，爲株之初文。（戰國古文字典〔M〕，北京：中華書局，1998：397〜398）

黃德寬 等　朱　侯馬三〇五，趙～

〜，從木，中間加圓點表示根株在土上者。指事，木亦聲（〜，木均屬侯部）。〜爲株之本字。（古文字譜系疏證〔M〕，北京：商務印書館，2007：1801）

植　七九：三（2），〜父，

何琳儀　植　侯馬三四七，〜父

《說文》「〜，從木，直聲。」侯馬盟書〜，或作直、櫄，姓氏。參直、櫄字。（戰國古文字典〔M〕，北京：中華書局，1998：397〜398）

黃德寬 等　植　侯馬三四七，〜父

侯馬盟書「〜父」，人名。（古文字譜系疏證〔M〕，北京：商務印書館，2007：155）

樂　一：一〇四（1）、探八□：二（1），〜

《侯馬盟書・字表・殘字》388 頁：探八②：二。

曾志雄　樂：原字一作（67：23）、一作〔探 8（2）：2〕，前者見於頁 364，後者見於頁 371，二者當爲「樂」字之殘。《侯馬盟書》人名表已將後者補於「樂」字參盟人名下，唯後者尚未補入，當補入之。（侯馬盟書中的人名問題〔C〕，容庚先生百年誕辰紀念文集，廣州：廣東人民出版社，1998，4：509）

※櫄　一五六：二六（2），〜父，

《侯馬盟書・字表》364 頁：德。

湯余惠，賴炳偉，徐在國，吳良寶：櫄。（戰國文字編〔M〕，福州：福建

人民出版社，2001：380）

黃德寬 等　櫶　侯馬三四七，～父

～，從木，蟐聲，疑植字繁文。侯馬盟書「～父」，人名。（古文字譜
系疏證〔M〕，北京：商務印書館，2007：155）

按：《古文字譜系疏證》之說可從。

※榓　【字形】一五六：一九（2），比～

湯余惠，賴炳偉，徐在國，吳良寶：榓。（戰國文字編〔M〕，福州：福建
人民出版社，2001：379）

黃德寬 等　榓　侯馬三二六，牪～

～，從木，弡聲。疑榓之省文，弨之異文。《集韻》「弨，或作榓。」
見攡字。侯馬盟書～，或作埕、揑，人名。（古文字譜系疏證〔M〕，
北京：商務印書館，2007：1801）

按：《古文字譜系疏證》中辭例「牪～」應改為「比～」。

※梐　【字形】六七：三九（1），～

黃德寬 等　梐　侯馬三二二，～

～，從木，疋聲，梳之異文，《集韻》「梳，或作～」。（古文字譜系疏
證〔M〕，北京：商務印書館，2007：1621～1622）

姜允玉　唐蘭、湯余惠指出，楚王酓朏鼎有上從「木」下從「足（疋）」字，
就是省略「木」旁的「楚」字，所以盟書「梐」字釋為「楚」是沒有
問題的。（《侯馬盟書・字表》補正〔M〕，古文字研究・第二十七輯，
北京：中華書局，2008：365）

按：《古文字譜系疏證》之說可從。

※楥　【字形】九二：一（1），～趄

《侯馬盟書・字表・存疑字》374 頁：【字形】九二：一。

按：此字未釋，我們跟據最新公佈的楚簡材料，認為此字當釋為「楥」，詳
見附錄二。

無　**夔**一〇五：二（1），無～

何琳儀　無　侯馬三三四，無～

　　～，像人執舞具而舞蹈之形。舞之初文。（筆者注：何先生說的是甲骨
　　文，盟書字形與甲骨文相近。）侯馬盟書「～卹」，習見人名。（戰國
　　古文字典〔M〕，北京：中華書局，1998：611～612）

李學勤　無論如何，某某乃是無恤的下屬，無恤是他的主上。此處的無恤，
　　當然即是趙毋恤，後來的襄子，其時年齡尚少，所以前述的嘉也應是
　　簡子的另一個兒子，後來的桓子。（溫縣盟書曆朔的再考察〔M〕，華
　　學・第3輯，北京：紫禁城出版社，1998，11：165～168，亦見：夏
　　商周年代學箚記〔M〕，瀋陽：遼寧大學出版社，1999，10：134～139）

湯余惠，賴炳偉，徐在國，吳良寶：無。（戰國文字編〔M〕，福州：福建
　　人民出版社，2001：382）

之　一、**止**一六：三（3），女嘉～。二、**止**一六：三（5），韋書～言。三、
止一：二（1），從嘉～盟。四、**止**一六：三（3），定宮平畤～命。
五、**止**三：四（1），某某～子孫。六、**止**一：一（2），明亟覡～。
七、出入於某某～所：見之所合文。八、**止**三：二〇（6），復入～
於晉邦～地。九、**止**三：二五（8），永亟覡～　十、**止**三：二五（7），
既質～後。十一、皇君～所：見之所合文。十二、**止**一六：三（6），
君其覡～。十三、**止**六七：一（1），盟誓～言。十四、**止**一〇五：一
（1），無卹～㹞子

陶正剛，王克林「之」又作「及」。（侯馬東周盟誓遺址〔J〕，文物，1972，
　　4：30、31）

朱德熙，裘錫圭　「所敢俞（偷）出入於趙**尒**，及子孫，……司寇結之子
　　孫」這一大段要連起來讀。從語法上說，「之所」二字應該放在「司
　　寇結之子孫」之下，但因為人名實在太多，所以把「之所」提在「趙**尒**」
　　之下先說了。（關於侯馬盟書的幾點補釋〔J〕，文物，1972，8：36）

劉翔　等　之，代詞，指背盟者。（侯馬盟書〔M〕，商周古文字讀本，北京：

語文出版社，1989：209）

曾志雄　「之所」盟書有三十例合書，九例分寫。合書時以「之」字底畫
　　　　與「所」字頂畫重疊結合，形成筆畫共用，大部分都有合文符號「=」
　　　　（十九例）。按上文「子孫」用例繩之，「之所」也是以片語形式結合
　　　　的，不加合文符號的應是古老用法，不一定是省略。（侯馬盟書研究
　　　　〔D〕，香港：香港大學博士論文， 1993，7：161）

李學勤　「汝嘉之口口大夫……」一句，「之」字訓爲「其」。（侯馬、溫縣
　　　　盟書曆朔的再考察〔M〕，華學·第3輯，北京：紫禁城出版社，1998，
　　　　11：166，亦見：夏商周年代學箚記〔M〕，瀋陽：遼寧大學出版社，
　　　　1999，10：134～139）

湯余惠，賴炳偉，徐在國，吳良寶：之。（戰國文字編〔M〕，福州：福建
　　　　人民出版社，2001：386）

㞷 ![字形]六七：一（1），自今以～

山西省文物工作委員會　㞷──「往」字的簡體。（「侯馬盟書」注釋四種
　　　　〔J〕，文物， 1975，5：20，亦見：張頷，陶正剛，張守中，侯馬盟
　　　　書〔M〕，太原：山西古籍出版社，2006 年增訂本：40，亦見：山西
　　　　省文物工作委員會，侯馬盟書〔M〕，北京：文物出版社，1976 第一
　　　　版）

曾志雄　「往」字《春秋左傳詞典》釋爲「後」，並有《左傳》僖公二十八
　　　　年「自今日以往」例句，和本句句型類似，因此「以往」也就是「以
　　　　後」的意思。
　　　　「往」字盟書主要作「㞷」，從屮從土，陳初生認爲是甲骨文「往」
　　　　字「從屮王聲」的訛誤寫法。（《金文常用字典》頁 197）盟書「往」
　　　　字作「㞷」的三十二例，作「從辵㞷聲」的二例，「從止㞷聲」的一
　　　　例（67：3），後二者顯然是「辵、止」通用例，屬後起形聲字，爲新
　　　　興形式；而「從辵㞷聲」的一式與《說文》古文「往」的寫法相同。
　　　　（《說文解字注》頁 76）（侯馬盟書研究〔D〕，香港：香港中文大學
　　　　研究院中文學部博士論文，1993：199）

何琳儀　㞷　侯馬三一七，自今以～

　　～，從止，王聲。盟書「以～」，讀「以往」，以後。（戰國古文字典
　　〔M〕，北京：中華書局，1998：397～398）

黃德寬 等　㞷　侯馬三一七，自今以～

　　～，甲骨文從止，王聲。盟書「以～」，讀「以往」，以後。（古文字譜
　　系疏證〔M〕，北京：商務印書館，2007：1745～1746）

出　一、　三：一九（1），～入。二、　一八五：一（4），入～。三、　一○五：一（2），～內

曾志雄　本句中「出入」一詞以解作「往來」最適合。

　　盟書「出」字由「止、凵」兩部分構成，未見異構，和金文的寫法基
　　本相同。（侯馬盟書研究〔D〕，香港：香港中文大學研究院中文學部
　　博士論文，1993：160）

何琳儀　出　侯馬三○三，～入；侯馬三二四，不顯～公

　　侯馬盟書、溫縣盟書「～公」，晉～公。見《史記·晉世家》。（戰國古
　　文字典〔M〕，北京：中華書局，1998：1234～1235）

湯余惠，賴炳偉，徐在國，吳良寶：出。（戰國文字編〔M〕，福州：福建
　　人民出版社，2001：388）

黃德寬 等　出　侯馬三○三，～入；侯馬三二四，不顯～公

　　侯馬盟書「～入」，讀作「～納」，見前。侯馬盟書「～公」，即晉～公，
　　見《史記·晉世家》。金文例一至五「～入」，讀作「～納」。《書·舜
　　典》「命汝作納言，夙夜～納朕命。」孔傳「納言，喉舌之官。聽下言
　　納於上，受上言宣於下。」（古文字譜系疏證〔M〕，北京：商務印書
　　館，2007：3229～3232）

按：盟書中「入～」，只有一例，應是「～入」之倒。《戰國文字編》、《古
　　文字譜系疏證》中的「不顯～公」，詳見存疑字中的「　」字。

產　　二○○：八（1），～

湯余惠，賴炳偉，徐在國，吳良寶：產。（戰國文字編〔M〕，福州：福建

人民出版社，2001：390）

按：盟書中～，宗盟類參盟人名。

國　九八：八（1），～

湯余惠，賴炳偉，徐在國，吳良寶：國。（戰國文字編〔M〕，福州：福建
　　人民出版社，2001：392）

按：盟書中～，宗盟類參盟人名。

※囜　九二：二九（1），～

李裕民　《侯馬盟書》宗盟類四之九二：二九。

《侯馬盟書・字表》釋囜，《說文》所無。按：當即因字。古大、夫通
用：《大鼎》善夫之夫作，《攻吳王夫差鑑》夫字作，是夫寫成大
的例子。《洹子孟姜壺》大子之大作，與《郘公牼鍾》夫字寫法同，
是大寫成夫的例子。《伯矩鼎》矩字作、，一從大、一從夫，則
又是同器中同一個字夫、大偏旁通用的例子。《說文》：「因，就也。從
囗、大。」此爲參盟人名。（侯馬盟書疑難字考〔C〕，古文字研究・
第五輯，北京：中華書局，1981，1：297）

何琳儀　圂　侯馬三一一，～
戰國文字圂，人名。（戰國古文字典〔M〕，北京：中華書局，1998：
1178～1179）

湯余惠，賴炳偉，徐在國，吳良寶：囜。（戰國文字編〔M〕，福州：福建
　　人民出版社，2001：395）

按：～，從囗，夫聲，何先生之說似不可從，我們認爲此字當爲「圓」字
異體，詳見附錄一。

質（貭）　一、三：一九（1）七九：一（1），自～於君之所。二、
三：二○（7）三：二六（7），既～之後。三、六七：一（1）、
六七：一一（1），明～之言

《侯馬盟書‧字表》365頁：質。

郭沫若　「質」字在古文獻中每與「盟」字聯帶使用，茲僅舉一例爲證。《左傳‧魯哀公》二十年：「趙孟曰：黃池之役，先主與吳王有質，曰：好惡同之」。下文趙孟家臣楚隆轉達這同一話於吳王夫差，曰：「黃池之役，君之先臣志父得承齊盟，曰：好惡同之」。「質」與「盟」顯然爲同義語。杜預注：「質，盟信也」，可見「盟」是就形式而言，「質」是就實質而言，雖有表裏深淺之異，其實是一回事。（新出侯馬盟書釋文〔M〕，郭沫若全集‧考古編‧第10卷‧考古論集，北京：科學出版社，1972：154）

唐蘭　𧶠字上從斤，是折字，折《說文》籀文作𣂪，金文《齊侯壺》：「𣂪於大司命」，讀如誓。𣂪省去二屮，即爲斤。古璽悊常作忎，可證。那末𧶠是哲字，不是質字。」《廣韻》十五轄陟轄切下：「𧶠，貨也」。在這裏應讀爲誓。（侯馬出土晉國趙嘉之盟載書新釋〔J〕，文物，1972，8：33）

陶正剛，王克林　𧶠和《古璽文字彳》卷十四附錄古璽印文𧶠完全相同，應爲質字。《說文》：「質，以物相贅也」。《小爾雅》：「質，信也」。此爲質字之本義。（侯馬東周盟誓遺址〔J〕，文物，1972，4：30）

山西省文物工作委員會　在盟誓時，奉獻禮物以取得信任，叫質，或贄。《國語‧晉語》：「委質而策死。」注：「言委贄於君。」即獻禮和獻身於君所的意思。這裏是說，要同時把自身也抵押出去，作爲質，奉獻於君所。

質，誠信的意思。《左傳‧哀公二十年》：「黃池之役，先主與吳王有質。」注：「質，盟信也。」《左傳‧襄公九年》：「要盟無質。」疏：「服虔云：質，誠也。」

「委質」就是把自己抵押給某個主人，表示一生永不背叛的意思。（張頷，陶正剛，張守中，侯馬盟書〔M〕，太原：山西古籍出版社，2006年增訂本：38、40、70，亦見：山西省文物工作委員會，侯馬盟書〔M〕，北京：文物出版社，1976第一版）

黃盛璋　（一）據《侯馬盟書字表》此字有五例下從「心」，作「忑」。此字在戰國哲語印中明確爲「哲」字，還有兩例：一個下從「日」，一個下從「田」，乃是三晉文字從「口」的繁寫。《盟書字表》中也有證明，古文字從「口」、從「心」往往相通，更確正此字上所從是「折」，故讀與「誓」同，折《說文》籀文作「𣂪」，左旁省去二屮，即成爲「哲」爲「扸」。平山新出中山王鼎有「烏呼哲哉」，「哲」從「扸」從「木」，凡此皆確證此字上所從爲「折」。

　　（二）「內室類」盟書有「敢不從此盟𧵟之言」，和「既𧵟之後」，除下從「貝」外，有兩例下從「心」，一下從「日」，一下從「田」，字形爲「哲」，字義爲「誓」。「盟、誓」連文及古今通語，《左傳》多見，如成公十三年「申之以盟誓」，定公四年：「世有盟誓」，襄公九年：「盟誓之言，豈敢背之？」特別是最後一例與上引「內室類」盟辭極爲相近，「盟𧵟」必爲「盟誓」而非「盟質」的確證。又「即盟之後」，盟辭常見之語，如《左傳》記襄公九年之載書有「自今日即盟之後。」《孟子》記齊桓公葵丘之盟：「凡我同盟，即盟之後。」，凡此亦可證明「即𧵟之後」必讀「即誓之後」。「盟質」則不僅彆扭，亦無先例，盟誓坑連本書也不叫它盟質坑，古今皆一樣違背習慣。

　　（三）故此字絕不是「質」，亦非委質。

　　（四）總之本篇全爲向先君自誓之辭，內容與委質毫無關係，這只要認眞考察，誰都能夠看得出來。（關於侯馬盟書的主要問題〔J〕，中原文物，1981，2：31～32）

曾志雄　至於「𧵟」與「質」的關係，問題比較複雜。我們認爲，張桂光主張「𧵟」是「質」的簡省，以及「質」字由「𧵟」字訛變而成，這些觀點是可以接受的。因爲下文「所」字的「斤」旁就有省作「ク」的情形，而且數量頗多。也許當時「斤」旁省作「ク」出現得早，所以當「𧵟」字的寫法形成時，人們很易就錯認「𧵟」字的「ク」也是「斤」的省寫，而把「𧵟」誤爲「質」了。

　　「質」字以作「𧵟」爲大多數，也有不從「貝」而從「心」、從「目」、從「日」、從「田」的，上文已提及。我們認爲從「心」爲從「貝」的

偏旁通用，從「目」的爲「貝」的變體。張振林據金文的資料，認爲「貝」
旁寫作「目」形的只見戰國銅器銘文，（《試論銅器銘文形式上的時代標
記》頁73）可見侯馬盟書「貝」寫作「目」是很新的形式。至於從「日」、
從「田」的，各有一例，應是「目」簡省和訛誤，而非黃盛璋所說的屬
「口」形的繁寫（見上文頁150）。盟書從「田」的「質」字應該由省
筆後的「日」訛誤而成，有關「日」訛爲「田」的例子，可參閱湯余惠
的《略論戰國文字形體研究中的幾個問題》頁28。從盟書從「目」旁
的用例有十例，而從「日」、從「田」的只各有一例，又不見從「口」
的「質」字，我們認爲湯氏之說是可信的。（侯馬盟書研究〔D〕，香港：
香港中文大學研究院中文學部博士論文，1993：150、155）

孫常敍　同一「貢」字，而有兩種認識：郭釋「質」而唐釋「誓」。

把古月部從貝斯省聲的「貢」字隸定爲古質部「質」字是有其語言文
字歷史原因的。

從詞的發展來說，殷盧下辭，以物相致，其字爲◊（卜五三〇）爲◊（續
一・三七・二），或寫爲◊〔◊（佚二三二）◊（甲一一六三）〕古音
在支部。及至以◊（乎簋）爲姓氏之字，送致之詞遂音傳入脂，書寫
時，◊下加貝以別之，遂成◊（居簋）字。以物相贄，其物與所求
正相當直，其事曰「質」，又併兩◊字以寫之，古音在質部，其字作◊，
簡寫爲◊爲◊爲◊，是爲◊字。（釋斯申唐說質誓——讀《侯馬盟
書》「自質於君所」獻疑〔M〕，孫常敍古文字論集，長春：東北師範
大學出版社，1998，7：315、324）

湯余惠，賴炳偉，徐在國，吳良寶：質。（戰國文字編〔M〕，福州：福建
人民出版社，2001：406）

陳劍　盟書中表示「質」這個詞的「貢」和「忑」都應該分析爲從「所」
聲，前者就是「質」字。「斫」所從的「◊」來自西周金文「所」所從
的「◊」的省簡之形，與「斤」或前舉 J 形「◊」（折）所從的「◊」
均無關，「貢」和「忑」不管是字形還是盟書中的用法也都與「折」和
「誓」沒有關係。（說愼〔C〕，簡帛研究二〇〇一（上冊），南寧：廣

西師範大學出版社，2001，9：210）

降大任　關於誓，文獻記載可追溯到《尚書》中的《湯誓》、《牧誓》兩篇誓辭，可證殷商時就有誓。今之發誓、起誓、誓言等由此而來。誓言是起誓者忠於某一人事的誠信表白，如《國語·晉語》中晉文公對其舅子犯發誓：「所不與舅氏同心者，有如河水。」又如春秋末鐵之戰時趙鞅動員將士之誓：「克敵者」云云（《左傳·哀公二年》）。（侯馬盟書的研究及價值意義〔J〕，晉陽學刊，2004，2：20）

（悉）一、𢓆一八：五（1），自～於君之所。二、𢓆六七：一三（1）𢓆六七：二一（1），盟～之言

何琳儀　悉　侯馬三四八，明～之言

侯馬盟書「明～」，讀「盟誓」。《左·成十三》「申之以盟誓。」（戰國古文字典〔M〕，北京：中華書局，1998：928）

黃德寬　等　悉　侯馬三四八，盟～之言

侯馬盟書「明～」，讀「盟誓」。《左傳·成公十三年》「申之以盟誓。」（古文字譜系疏證〔M〕，北京：商務印書館，2007：2453～2454）

按：陳劍先生在《說慎》一文中，將「悉」讀爲「質」，其說可從。

賈　三五：八（1），～

湯余惠，賴炳偉，徐在國，吳良寶：賈。（戰國文字編〔M〕，福州：福建人民出版社，2001：401）

按：盟書中～，宗盟類參盟人名。

買　一九四：七（1），～

湯余惠，賴炳偉，徐在國，吳良寶：買。（戰國文字編〔M〕，福州：福建人民出版社，2001：402）

按：盟書中～，宗盟類參盟人名。

邦　[字形]一：一（2），晉～之地

曾志雄　「邦」字基本上由「豐、邑」組成，少數的「豐」下從「土」。從
　　　　甲骨文及大部分兩周金文「封、邦」二字「豐」下多從「土」或「田」
　　　　看（見《「邦、封」、「命、令」辨》頁 20），盟書的少數「邦」字屬古
　　　　老形式。換言之，盟書「邦」字大多屬新形式，呈趨新走向。（侯馬盟
　　　　書研究〔D〕，香港：香港中文大學研究院中文學部博士論文，1993：
　　　　105）

黃德寬 等　邦　侯馬三○九，晉～之地（古文字譜系疏證〔M〕，北京：
　　　　商務印書館，2007：1236～1239）

都　[字形]一：七（1），中～

曾志雄　「都」字盟書基本作「從邑者聲」（《說文解字注》頁 283 下），屬
　　　　形聲字，但有兩例寫作「者」（3：19，156：26）；鑒於加「邑」旁的
　　　　形聲字有後起的特徵，而古籍及古文字資料中又不見「者、都」的通
　　　　假用例，所以我們不把盟書的「者」視爲「都」的假借，而把它作爲
　　　　「都」的古老形式。（侯馬盟書研究〔D〕，香港：香港中文大學研究
　　　　院中文學部博士論文，1993：172）

何琳儀　都　侯馬三二八，中～
　　　　侯馬盟書「中～」，地名。（戰國古文字典〔M〕，北京：中華書局，
　　　　1998：518～519）

黃德寬 等　都　侯馬三二八，中～
　　　　侯馬盟書「中～」，地名。（古文字譜系疏證〔M〕，北京：商務印書館，
　　　　2007：1459～1460）

郖　[字形]一五六：一九（6），明亙～之

《侯馬盟書・字表》354 頁：眂。

何琳儀　郖　侯馬三三五，明亙～之
　　　　侯馬盟書～，或作眂，讀視。見眂字。（戰國古文字典〔M〕，北京：

中華書局，1998：1212）

黃德寬 等　邸　侯馬三三五，明亟～之

　　侯馬盟書～，讀作視。參見「覗」。（古文字譜系疏證〔M〕，北京：商
　　務印書館，2007：2960）

按：何琳儀先生之說可從。

郘　郘八八：一（4），～

湯余惠，賴炳偉，徐在國，吳良寶：郘。（戰國文字編〔M〕，福州：福建
　　人民出版社，2001：414）

邵　一、～堻：邵三：一九（3）。二、～陸：邵三：二三（4）

曾志雄　《說文解字·邑部》有「邵」字，云：「晉邑也；從邑召聲。」
　　值得注意的，二十例的「邵」，有七例的「刀」旁寫成「刃」，而二例
　　的「韶」與有一例的「刀」旁寫成「刃」，何琳儀認爲這是「刀、刃」
　　形符互作的例子，（《戰國文字通論》頁 267）這應該也是一種新興形
　　式。（侯馬盟書研究〔D〕，香港：香港中文大學研究院中文學部博士
　　論文，1993：182～183）

何琳儀　邵　侯馬三一六，～陸；～堻

　　侯馬盟書～，姓氏。周召公奭後，加邑爲邵氏。又望出汝南。見《尙
　　友錄》。參邵字。（戰國古文字典〔M〕，北京：中華書局，1998：305）

湯余惠，賴炳偉，徐在國，吳良寶：邵。（戰國文字編〔M〕，福州：福建
　　人民出版社，2001：416）

黃德寬 等　邵　侯馬三一六，～陸；～堻

　　侯馬盟書～，姓氏名，周召公奭之後。因累加邑旁而別爲～氏，又望
　　出汝南，見《尙友錄》，參「邵」字。（古文字譜系疏證〔M〕，北京：
　　商務印書館，2007：831～832）

按：～，從邑，召聲。盟書中～，姓。《廣韻·去笑》：「邵，邑名。又姓，
　　出魏郡，周文王子邵公奭之後。」漢王符《潛夫論·三式》：「然則良
　　臣如王成、黃霸、龔遂、邵信臣之徒，可比郡而得也。」汪繼培箋：「並

見《漢書・循吏傳》『邵』傳作『召』，顏師古注：『召，讀曰邵。』按
召、邵古通用。」

邯　𢼊二〇〇：三（1），～鄲

陶正剛，王克林　「邯鄲董政」，邯鄲地名，董政人名。鄲從「𦥑」，與戰
國趙地的尖足大布「𦥑」同，也與「直身甘丹刀」的丹字相同（參見
《文物》1965 年第 1 期）。邯鄲二字也有作「𢽾」者，爲合文。《世本》
（秦嘉謨輯補本）云：「邯鄲氏，趙氏側室子穿，稱趙武子，食采邯鄲，
以國爲氏。」由此可見，邯鄲董政可能是趙穿之裔。（侯馬東周盟誓遺
址〔J〕，文物， 1972，4：31）

朱德熙，裘錫圭　邯鄲重政明明氏重（董），說爲趙穿之裔恐怕是不對的。
（關於侯馬盟書的幾點補釋〔J〕，文物，1972，8：36）

山西省文物工作委員會　邯𨚗──地名，即邯鄲。盟書中或作**𨚗**＝，爲「邯
𨚗」的合文，下邊兩點爲合文符號。（張頷，陶正剛，張守中，侯馬盟
書〔M〕，太原：山西古籍出版社，2006 年增訂本：38，亦見：山西省
文物工作委員會，侯馬盟書〔M〕，北京：文物出版社，1976 第一版）

曾志雄　邯鄲：盟書作「邯𨚗」，《侯馬盟書》認爲即「邯鄲」，地名。「𨚗」
字金文未見，先秦幣文「邯鄲」作「甘丹」（《古幣文篇》頁 29），因
此，「𨚗」字可能屬於當時特殊寫法，後世未見。
盟書「邯」字「從邑甘聲」（《說文解字注》頁 290 上），和今天寫法
相同；也有一例寫作「甘」（185：7），我們認爲這是「邯」的古老形
式，其情形和「鄭」寫作「弗」相同。「鄲」字盟書不作「從邑單聲」
（《說文解字注》頁 290 上），而作「𨚗」，應是「從邑丹聲」，和今天
寫法不同；有一例寫作「丹」（185：7），和「邯」寫作「甘」一樣，
應是古老形式。此外，「邯鄲」也有合文的寫法，共二十例，都是共
用「邑」旁的；其中十七例有合文符號「＝」，三例則沒有。（侯馬盟
書研究〔D〕，香港：香港中文大學研究院中文學部博士論文，1993：
179～180）

何琳儀　邯　侯馬三一六，～鄲

侯馬盟書「～鄲」，地名。見甘字。或複姓。嬴姓，趙穿食邑～鄲，因以為氏。見《萬姓統譜》。（戰國古文字典〔M〕，北京：中華書局，1998：1447）

湯余惠，賴炳偉，徐在國，吳良寶：邯。（戰國文字編〔M〕，福州：福建人民出版社，2001：416）

黃德寬 等　邯　侯馬三一六，～鄲

侯馬盟書「～鄲」，地名。參甘字。（古文字譜系疏證〔M〕，北京：商務印書館，2007：4029）

按：～，從邑，甘聲。盟書中「～鄲」，趙國邯鄲縣，故城在今河北省邯鄲市西南。

邔（郘）　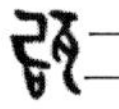二〇〇：三三（1），～

《侯馬盟書・字表・存疑字》377 頁：二〇〇：三三。

黃德寬 等　郘　侯馬三六〇，～

～，邔字異文，《說文》：「～，南陽縣。從邑，己聲。」侯馬盟書～，或從㠯（己之繁文）聲。侯馬盟書～，人名。（古文字譜系疏證〔M〕，北京：商務印書館，2007：63～64）

按：《古文字譜系疏證》之說可從。

𨞑　九一：一（1），～

黃德寬 等　𨞑　侯馬三三八，勿～兄弟

～，從邑，䙴（或𡗺）聲。盟書～，讀遷。（古文字譜系疏證〔M〕，北京：商務印書館，2007：2745～2746）

按：《古文字譜系疏證》中辭例有誤：𨞑，在盟書中只出現一次（九一：一），為宗盟類參盟人名。盟書中「勿～兄弟」之～，應為䙴。

※𨚵　一〇五：二（2），～

《侯馬盟書・字表》355 頁：[illegible]。

黃德寬 等　邜　侯馬三三八，～

　　～，從邑，莜聲。侯馬盟書～，讀從，姓氏。參莜字。（古文字譜系疏
　　證〔M〕，北京：商務印書館，2007：1224）

按：陶正剛，王克林二位先生（侯馬東周盟誓遺址〔J〕，文物，1972，4：
　　27～37、71）和劉釗先生已將𣏟釋爲比（劉釗，璽印文字釋叢（一）〔M〕，
　　古文字考釋叢稿，長沙：嶽麓書社，2005：157～159，亦見：考古與
　　文物〔J〕，1990，2：44～49），其說可從。故𣏟所從的左旁應是比，𣏟
　　應釋爲邥。

※邸　𣏟一五六：二二（1），～徒

張亞初　唐蘭先生認爲，長即張。（《〈五省出土重要文物圖錄〉序》）從《左
　　傳》看，晉國確有張氏大族活躍在政治舞臺上，張老、張骼、張趯即
　　其證。長、張即《侯馬盟書》中晉國的貴族邸徒之邸。（《侯馬盟書》
　　323 頁）長、邸、張爲古今字。（論魯臺山西周墓的年代和族屬〔J〕，
　　江漢考古，1984：25）

湯余惠，賴炳偉，徐在國，吳良寶：邸。（戰國文字編〔M〕，福州：福建
　　人民出版社，2001：442）

※郙　𣏟三：二〇（4），～詨

曾志雄　郙，人名。《玉篇·邑部》有「郙」字，云：「郙，魯季氏邑。《論
　　語》作『費』；或作鄪。」（侯馬盟書研究〔D〕，香港：香港中文大學
　　研究院中文學部博士論文，1993：178）

湯余惠，賴炳偉，徐在國，吳良寶：郙。（戰國文字編〔M〕，福州：福建
　　人民出版社，2001：428）

黃德寬 等　郙　侯馬三一六，～詨

　　～，從邑，弗聲。《玉篇·邑部》「～，彼冀切，魯季氏邑。《論語》作
　　費，或作鄪。」《集韻·至韻》音兵媚切。侯馬盟書～，姓氏。《廣韻·
　　物韻》「～，姓也，漢有九江太守～修。」（古文字譜系疏證〔M〕，北

京：商務印書館，2007：3273～3274）

※鄘　《四九：二（1），～繻

黃德寬 等　鄘　侯馬三二七，～繻

～，從邑，虎聲。鄠之異文。《字彙補》「～與鄠同。」侯馬盟書～，
讀鄠，姓氏。見《姓苑》。（古文字譜系疏證〔M〕，北京：商務印書館，
2007：1268）

※鄒　《二〇〇：三九（1），～豎

《侯馬盟書·字表·殘字》386頁：《二〇〇：三九

黃德寬 等　鄒　侯馬三六九，～豎

～，從邑，焦聲。侯馬盟書～，讀焦，姓氏。見「焦」字。（古文字譜
系疏證〔M〕，北京：商務印書館，2007：878～879）

※邜　《一：四八（1），～恩

湯余惠，賴炳偉，徐在國，吳良寶：邜。（戰國文字編〔M〕，福州：福建
人民出版社，2001：425）

黃德寬 等　邜　侯馬三〇五，～恩

～，從邑，九聲。侯馬盟書～，讀九，姓氏。神農師九靈，為九姓之
始。見《路史》。（古文字譜系疏證〔M〕，北京：商務印書館，2007：
449）

按：《古文字譜系疏證》之說可從。

※邟　《八五：二一（1），～

《侯馬盟書·字表·存疑字》374頁：《八五：二一。

陳漢平　盟書有人名字作《，字表未釋，此字從邑，力聲，當隸定作邟。
此字多見於古璽文字，疑為酈字之本字。（侯馬盟書文字考釋〔M〕，
屠龍絕緒，哈爾濱：黑龍江教育出版社，1989，10：356）

黃德寬 等　㕊　侯馬三五七，～

　　～，從邑，力聲。侯馬盟書～，人名。（古文字譜系疏證〔M〕，北京：
　　商務印書館，2007：203）

按：《古文字譜系疏證》之說可從。

※郴　🀃一八五：三（1），～

黃德寬 等　郴　侯馬三三三，～

　　～，從邑，痳聲，疑痳之繁文。侯馬盟書～，人名。（古文字譜系疏證
　　〔M〕，北京：商務印書館，2007：84）

※邢　🀃二〇〇：三（1），邯～

湯余惠，賴炳偉，徐在國，吳良寶：鄲。（戰國文字編〔M〕，福州：福建
　　人民出版社，2001：417）

黃德寬 等　邢　侯馬三四六，邯～

　　～，從邑，丹聲。侯馬盟書「邯～」，讀「邯鄲」，複姓，嬴姓，趙穿
　　食邑邯鄲，因以爲氏。見《萬姓統譜》。（古文字譜系疏證〔M〕，北京：
　　商務印書館，2007：2680）

按：《古文字譜系疏證》之說可從。

※鄆　🀃二〇〇：一六（1），～

《侯馬盟書・字表・存疑字》376頁：🀃二〇〇：一六。

陳漢平　盟書人名有字作🀃，字表未釋。按盟書邯字作🀃，🀃字從邯，復
　　從函，爲附加聲符，是爲雙重聲符文字，仍當釋邯，乃邯字之繁複體。
　　（侯馬盟書文字考釋〔M〕，屠龍絕緒，哈爾濱：黑龍江教育出版社，
　　1989，10：357）

黃德寬 等　鄆　侯馬三五九，～

　　～，從邑，皿（下從曰猶從皿）聲。《玉篇・邑部》「～，鄉名，在蜀。」
　　《集韻・魂韻》「～，鄉名，在廣陵。縣名，在蜀。」音烏昆切。侯馬

盟書～，人名。（古文字譜系疏證〔M〕，北京：商務印書館，2007：
3602）

※鄯（郭）　𥘉八五：八（1），～䍐

《侯馬盟書・字表》：漏收。

湯余惠，賴炳偉，徐在國，吳良寶：郭。（戰國文字編〔M〕，福州：福建
人民出版社，2001：433）

黃德寬 等　郭　侯馬三二五，～䍐
　　～，從邑，辛聲，疑地名莘之專字。侯馬盟書～，讀辛，姓氏。參見
　　「辛」。（古文字譜系疏證〔M〕，北京：商務印書館，2007：3569、3579
　　～3580）

※䢵　二〇〇：七〇（1），～

《侯馬盟書・字表・存疑字》377頁：二〇〇：七〇。

黃德寬 等　䢵　侯馬三六〇，～
　　～，從邑，訴聲。（《篇海類編》「訴，子石切，音跡」。）侯馬盟書～，
　　人名。（古文字譜系疏證〔M〕，北京：商務印書館，2007：1539）
按：《古文字譜系疏證》之說可從。

※鄁　一：四二（1），～

《侯馬盟書・字表・殘字》378頁：一：四二。

黃德寬 等　鄁　侯馬三六一，～
　　～，從邑，喬聲。喬、邑共用口旁。侯馬盟書～，人名。（古文字譜系
　　疏證〔M〕，北京：商務印書館，2007：3257）
按：《古文字譜系疏證》之說可從。

※郵　三：二〇（4），～

《侯馬盟書・字表》354頁：郵，通「董」。

曾志雄　郵：《侯馬盟書》釋爲「董」，朱德熙、裘錫圭也以此字即「董」
　　氏之「董」。李孟存、常金倉認爲「董」爲商末時山西境內的方國名，
　　在甲骨文中作「重」，其地在今山西省臨猗縣，到春秋時才被晉國吞滅，
　　成爲晉國縣邑。然則董姓以地名爲氏。

　　盟書作「郵」的二十八例，作「重」的八例；若以加「邑」旁爲後起
形聲字的話，則此字呈趨新走向。（侯馬盟書研究〔D〕，香港：香港中文
大學研究院中文學部博士論文，1993：180）

黃德寬 等　郵　侯馬三三七，～
　　～，從邑，重聲。戰國文字～，姓氏，疑讀董。（古文字譜系疏證〔M〕，
　　北京：商務印書館，2007：1000～1001）

《侯馬盟書文字集釋》卷七

晉　一、🔥一：一（2），～邦之地　二、🔥一九四：一一（9），～邦之中

陳夢家　「晉邦」亦見晉姜鼎及晉公午盙。（東周盟誓與出土載書〔J〕，考古，1966，5：275）

唐蘭　晉字舊不識，沁陽出土的載書裏有丕顯晉公，第三片晉字作🔥是很清楚的。晉本作臸而作晉，和楚王酓肯鼎、楚王酓肯盤的楚字作𣥏，是同樣的例子。（侯馬出土晉國趙嘉之盟載書新釋〔J〕，文物，1972，8：31）

劉翔　等　晉邦之地：晉國的土地。（侯馬盟書〔M〕，商周古文字讀本，北京：語文出版社，1989：208）

曾志雄　晉邦：即晉國。有關周代晉國始封情況，參閱本書第二章注〔1〕。陳槃認爲，「晉」爲水名，在晉國內；在舊籍中，晉國又稱「唐國」。（見《春秋大事表列國爵姓及存滅表譔異》頁 34B）（侯馬盟書研究〔D〕，香港：香港大學博士論文，1993：104）

何琳儀　晉　侯馬三二四　皇君～公

　　侯馬盟書～，國名。見《史記·～世家》。（戰國古文字典〔M〕，北京：
　　中華書局，1998：1152～1153）

湯余惠，賴炳偉，徐在國，吳良寶：晉。（戰國文字編〔M〕，福州：福建
　　人民出版社，2001：456～457）

黃德寬　等　晉　侯馬三二四，皇君～公

　　侯馬盟書～，古國名，見前。金文～，古國名。周成王弟叔虞始封於
　　唐，其子爕父改國爲～。《文獻通考·封建考》「～，唐叔虞，周武王
　　子，成王弟。成王封叔虞於唐……凡三十八傳，而～爲韓、趙、魏所
　　分。」顧祖禹《讀史方輿紀要·歷代州域形勢》一「～，今自山西平
　　陽、太原以東至直隸廣平、大名之間，皆～地也。」（古文字譜系疏證
　　〔M〕，北京：商務印書館，2007：3548～3550）

㬆　㬆六七：三（2），不～

黃德寬　等　㬆　侯馬三五四，不～

　　～，從日，絲聲（或省作絲形）。盟書「不～」，或作「不顯」，即典籍
　　之「丕顯」。（古文字譜系疏證〔M〕，北京：商務印書館，2007：2738）

旇　一、㫃一：八一（1），～。二、㫃一八五：九（2），馬～至於……

《侯馬盟書·字表·存疑字》373頁：㫃一：八一。

陳漢平　盟書有人名字作㫃，字表未釋。此字疑爲旇字。又此字與中山
　　王鼎銘㫃字形近，或說爲施字。茲存疑。旇字、施字在文獻都有用於
　　語詞之例，故中山王鼎銘㫃字究讀何字，尚待研究。盟書㫃字疑當釋
　　旇。（侯馬盟書文字考釋〔M〕，屠龍絕緒，哈爾濱：黑龍江教育出版
　　社，1989，10：354）

朏　朏一六：三（1），甲寅～

長甘（即張頷）　「霸」、「魄」、「朏」三個字爲同音近義的假借字。因之，

「朏」字也通於「霸」字。《說文》「霸」字條：「月始生，霸然也。承大月二日，承小月三日，從月𩆜聲。」意思是說，如果上一個月是大月（三十天）的話，這個月就是初二見新月；如果上月是小月（二十九天）的話，這個月就是初三見新月。（張頷，陶正剛，張守中，侯馬盟書〔M〕，太原：山西古籍出版社，2006 年增訂本：73～74，亦見：山西省文物工作委員會，侯馬盟書〔M〕，北京：文物出版社，1976第一版）

黃盛璋　「朏」從「𣥂」，而「朔」從「𣥂」，相差極微，在朱書漫漶不清的條件下，未易確辨，摹寫筆劃稍有參差也非不可能。如此字為「朔」，晉用夏正，十一月為周建子之正月，據汪日楨《長術輯要》，魯哀公五年「正（建子）甲寅」朔，乙丑為是月十二日。（關於侯馬盟書的主要問題〔J〕，中原文物，1981，2：30）

曾志雄　張培瑜《中國先秦史曆表》說「……春秋時代，曆法肯定是以朔日為月首了。中國曆法是在西周後期廢朏用朔的。廢朏用朔作月首，這是曆法上的一個進步。」（《前言》頁 2）可見懷疑「朏」為「朔」是有相當理由的。（侯馬盟書研究〔D〕，香港：香港中文大學研究院中文學部博士論文，1993：45）

何琳儀　朏　侯馬三一九，甲寅～
　　侯馬盟書～，見《書‧召誥》「三月惟丙午～」，傳「～，明也。月三日明生之名。」（戰國古文字典〔M〕，北京：中華書局，1998：1237）

李學勤　「朔」字左旁不清，前釋為「朏」，經與溫縣盟書對照，知應為「朔」字。（侯馬、溫縣盟書曆朔的再考察〔J〕，華學‧第 3 輯，紫禁城出版社，1998：166，亦見：夏商周年代學劄記〔M〕，瀋陽：遼寧大學出版社，1999：134～139）

湯余惠，賴炳偉，徐在國，吳良寶：朏。（戰國文字編〔M〕，福州：福建人民出版社，2001：470）

黃德寬　等　朏　侯馬三一九，甲寅～
　　《說文》：「～，月未盛之明。從月出。《周書》曰：『丙午～。』」（普乃

切，又芳尾切）」（七上九）徐灝注箋：「月朔初生明。至初三乃可見，故三日曰～。從月、出會意，出亦聲。」

侯馬盟書～，《書・召誥》「三月，惟丙午～，越三日戊申。」孔傳「～，明也，月三日明生之名。」（古文字譜系疏證〔M〕，北京：商務印書館，2007：3236）

姜允玉　如果和性質與時代都相近的溫縣盟書比較，這紀時的形式作「十五年十二月乙未朔」，其中朔字字形結構很像盟書的「朏」字，因此本篇的朏字無論從時代特色成文例看，都是可疑的。（《侯馬盟書・字表》補正〔C〕，古文字研究・第二十七輯，北京：中華書局，2008：364）

按：李學勤先生之說可從。

※胡　🔲一：九（1），～

湯余惠，賴炳偉，徐在國，吳良寶：胡。（戰國文字編〔M〕，福州：福建人民出版社，2001：471）

按：盟書中～，宗盟類人名。

有　一、🔲一：七一（1），十～一月。二、🔲一六：一五（6），～志

湯余惠　有志，有意。（侯馬盟書〔M〕，戰國銘文選，長春：吉林大學出版社，1993：197）

何琳儀　有　侯馬三〇五，十～一月

～，從肉，從又，會手持肉之意，又亦聲。侯馬盟書～，或作又，連詞。參又字 a，（戰國古文字典〔M〕，北京：中華書局，1998：11～12）

湯余惠，賴炳偉，徐在國，吳良寶：有。（戰國文字編〔M〕，福州：福建人民出版社，2001：471）

黃德寬　等　有　侯馬三〇五，十～一月

侯馬盟書～，或作又，連詞。（古文字譜系疏證〔M〕，北京：商務印

書館，2007：30～31）

明　一、🄳一：一（2），～亟規之。二、🄳一：二（1），而敢不盡從嘉
之～。三、🄳一：一（2），及群嘷～者

郭沫若　「明」讀爲盟。（侯馬盟書試探〔J〕，文物，1966，2：5）

陳夢家　明即盟（動詞）。（東周盟誓與出土載書〔J〕，考古，1966，2：275）

郭沫若　「明」是盟之省。（新出侯馬盟書釋文〔M〕，郭沫若全集‧考古
編‧第 10 卷‧考古論集，北京：科學出版社，1972：6）

唐蘭　明字郭沫若同志讀爲盟是很對的。（侯馬出土晉國趙嘉之盟載書新釋
〔J〕，文物，1972，8：32）

山西省文物工作委員會　明亟規之──神明鑒察的意思。
　　明質之言──明，借爲「盟」字。（「侯馬盟書」注釋四種〔J〕，文物，
　　1975，5：20，亦見：張頷，陶正剛，張守中，侯馬盟書〔M〕，太原：
　　山西古籍出版社，2006 年增訂本：36、40，亦見：山西省文物工作委
　　員會，侯馬盟書〔M〕，北京：文物出版社，1976 第一版）

劉翔　等　明：通「盟」，盟誓。
　　明：明晰。（侯馬盟書〔M〕，商周古文字讀本，北京：語文出版社，
　　1989，9：208、209）

曾志雄　明質，也就是「盟誓」；「盟誓」是當時對公盟的稱呼（見第一章
　　頁 9）。《左傳》襄公九年：「盟誓之言，豈敢背之？」（《春秋左傳注》
　　頁 971）引文中的「盟誓之言」和這裏的「明質之言」應該是同一個
　　意思，可見上文釋「質」爲「誓」是不錯的。（侯馬盟書研究〔D〕，
　　香港：香港中文大學研究院中文學部博士論文，1993：199）

何琳儀　明　侯馬三一三，～亟規之。侯馬三四二，而敢不盡從嘉之～；
　　及群嘷～者
　　侯馬盟書「～亟」，參盟字。（戰國古文字典〔M〕，北京：中華書局，
　　1998：721～723）

湯余惠，賴炳偉，徐在國，吳良寶：明。(戰國文字編〔M〕，福州：福建
人民出版社，2001：471～472)

黃德寬 等 明 侯馬三一三，～亙覤之。侯馬三四二，而敢不盡從嘉之
～；及群嘷～者

侯馬盟書「～亙」，讀「～殛」，嚴明其罰。孫樵《大明宮賦》「吾則勵
刀翦其翼，俾不得逃～殛」。疑即源於盟書。(古文字譜系疏證〔M〕，
北京：商務印書館，2007：1785～1788)

董珊 「明殛」，「明」訓爲「大」、「顯」，「殛」字古訓爲「誅」或「罰」，
《書·多方》「乃有不用我降爾命，我乃其大罰殛之」、《康誥》「爽惟
天其罰殛我」皆是「罰」與「殛」同義連用。(侯馬、溫縣盟書中「明
殛覤之」的句法分析〔M〕，古文字研究·第二十七輯，北京：中華書
局，2008：357)

按：盟書中「～亙覤之」之～，《古文字譜系疏證》訓爲嚴明，董珊先生訓
爲大的、明顯的，與句意皆合。「而敢不盡從嘉之～」、「及群嘷～者」
之～，如郭沫若等先生之說，讀爲盟。見盟字。

盟 一、🔲一：二八 (1)、🔲二○○：一二 (2)，從嘉之～。二、🔲一：
三四 (4)，及群虖～者。三、🔲二○○：一二 (6)，～亙覤之

戚桂宴 因爲這批玉、石片上的文字本身沒有一篇具有「盟書」或「載書」
的特徵，而且數以千計的人爲盟，這在事實上也是不可能的，所以本
文不再沿用「侯馬盟書」或「侯馬載書」的名稱，而命名這批玉、石
片爲「侯馬石簡」，其文字爲「侯馬石簡文字」。
但從簡文中有「群虖盟者」、「從嘉之盟」、「從此盟誓之言」、「從韋書
之言」的語句來看，簡文必與某次盟誓有關，其作用或者相當於「從
盟」。(侯馬石簡史探〔J〕，山西大學學報 (社科版)，1982，1：74)

張世超 盟與誓的區別，除上文所說的盟辭與誓辭的差別，及前人指出的
盟必歃血以外，盟是雙方面 (主盟與受盟，受盟一方可能是許多人或
集團) 締結而成的。因此，要有「載書」。載書的辭句由主盟人事先寫

定，臨盟時，主盟人按載書宣讀，受盟人跟隨，以同樣的詞句向神發誓，稱爲「則誓」。既盟之後，由專門司理盟誓的官員將載書抄爲二份，一份藏於「盟府」，一份埋於地下或沉於河，藏於盟府者，日後備查，埋於地下、沉於河者，用意爲昭告神明，使神明監督履行。（也釋「有如」〔J〕，古漢語研究，1991，3：86）

何琳儀　盟　侯馬三一三，～亟覞之；侯馬三四二，及群虖～者

侯馬盟書「～亟」，讀「明殛」，嚴明其罰。孫樵《大明宮賦》「吾則勵刀翦其翼，俾不得逃明殛。」疑即源於盟書。或作「明亟」，參明字。（戰國古文字典〔M〕，北京：中華書局，1998：724）

湯余惠，賴炳偉，徐在國，吳良寶：盟。（戰國文字編〔M〕，福州：福建人民出版社，2001：472）

降大任　如前所述，盟書亦稱載書，是參盟者彼此取信的一種文獻。春秋戰國時期，諸侯卿大夫之間常常爲維護共同利益舉行盟誓活動，文獻稱「約信曰誓，蒞牲曰盟」（《禮記・曲禮下》），可見誓與盟有區別。與盟有密切關係的還有詛。誓、盟、詛三者性質相近，功能有異。（侯馬盟書的研究及價值意義〔M〕，晉陽學刊，2004，2：20）

黃德寬 等　盟　侯馬三一三，～亟覞之；侯馬三四二，及群虖～者

～，從皿，明聲，𥁰之繁文。見𥁰字。侯馬盟書「～亟」，或作「明祀」。見明字。（古文字譜系疏證〔M〕，北京：商務印書館，2007：1789）

甬 一五六：一四（3），～欯

何琳儀　甬　侯馬三四六，～欯

侯馬盟書～，讀通。姓氏。（戰國古文字典〔M〕，北京：中華書局，1998：423）

黃德寬 等　甬　侯馬三四六，～欯

～，從用，右上加半圓筆劃，分化爲～。用、～古本一字，亦往往通用。戰國文字所從分化符號或移用旁正上方，作三角形。《說文》：「～，艸木華～～然也。從𢎘，用聲。」侯馬盟書～，讀通，姓氏。

見《元和姓纂》。（古文字譜系疏證〔M〕，北京：商務印書館，2007：1183～1184）

※采 三六：四（1），～

湯余惠，賴炳偉，徐在國，吳良寶：采。（戰國文字編〔M〕，福州：福建人民出版社，2001：481～482）

姜允玉　《說文》有「采」字，俗字作「穗」。楷書用「穗」後「采」字廢，因此本字字頭出現今字「穗」。此外，《字表》在本字下還收有「悉」字字形，顯然以「悉」、「采」爲一字，但未說明原因；何琳儀《戰國文字通論》也把二者作一字處理，認爲「悉」字的「心」旁是無義偏旁（197 頁）。由於盟書「心」旁確有無義偏旁之例（嘉：），我們認爲何說合理。（《侯馬盟書・字表》補正〔M〕，古文字研究，2008：363～364）

按：盟書中「采」，爲委質類參盟人名；「悉」，爲宗盟類參盟人名。二者是否爲一字，待考。

穌 一六：三三（1），～

湯余惠，賴炳偉，徐在國，吳良寶：穌。（戰國文字編〔M〕，福州：福建人民出版社，2001：484）

按：盟書中～，宗盟類參盟人名。

秋 三：三（1），～

湯余惠，賴炳偉，徐在國，吳良寶：秋。（戰國文字編〔M〕，福州：福建人民出版社，2001：484）

曾志雄　同樣，參盟人「秋」（《附錄》77 號）作（3：3），「鑄（盥）」（《附錄》86 號）作（16：5），「火」旁中部都加短劃，也是春秋後期和戰國時期的普遍形態。（侯馬盟書中的人名問題〔C〕，容庚先生百年誕辰紀念文集，廣州：廣東人民出版社，1998，4：510）

※蠶　![字]一：一○一（1），～

《侯馬盟書・字表・存疑字》373頁：![字]一：一○一。

陳漢平　盟書人名有字作![字]，字表未釋。按此爲憲字異體，當釋爲憲。《說
文》：「憲，從心，從目，害省聲。許建切。」（侯馬盟書文字考釋〔M〕，
屠龍絕緒，哈爾濱：黑龍江教育出版社，1989，10：355）

黃德寬　等　![字]　侯馬三五六，～

～，從臼，罠聲。侯馬盟書莈，人名。（古文字譜系疏證〔M〕，北京：
商務印書館，2007：273）

按：《古文字譜系疏證》之說可從。

麻　![字]一：一（3）、![字]一：四（3），～盞非是

張頷　「麻夷非是」，每篇均以此爲結束語，其義難解。（侯馬東周遺址發
現晉國朱書文字〔J〕，文物，1966，2：3）

郭沫若　「麻夷非是」者，靡夷匪褆。是說要使他得不到平安，得不到幸
福。（侯馬盟書試探〔J〕，文物，1966，2：5）

陳夢家　麻從廠，西周金文師麻簋亦如此。

麻夷及滅：《方言》十三曰「摩，滅也」，《廣雅・釋詁》曰「夷，滅
也」。「麻夷我是」即滅亡我氏，《左傳》襄公十一年載書曰「明神殛
之……隊命亡氏」。《國語・周語下》曰「故亡其氏姓」。「麻夷我是」
或作「麻夷是」，（2號片），或作「麻夷我氏」（沁陽甲二）。（東周盟
誓與出土載書〔J〕，考古，1966，2：275～276）

朱德熙，裘錫圭　《公羊・襄公二十七年》記衛公子鱄以獻公殺寧喜爲不
義，挈其妻子去國，「將齊於河，攜其妻子而與之盟曰：『苟有履衛地
食衛粟者，昧雉彼視。』」何休注：「昧，割也。時割雉以爲盟，猶曰
視彼割雉，負此盟則如彼矣。」今案何休割裂傳文句法，把「昧雉彼
視」解釋爲「視彼昧雉」，又讀雉如本字，望文生義，殊不可信。其實
《公羊》的「昧雉彼視」和侯馬載書的「麻夷非是」，都是滅彼族氏的
意思，只是文字寫得不同，用語小有出入。

《公羊》「眛雉彼視」一語自來沒有得到正確的解釋，有人甚至以此爲古漢語倒裝句的例證。由於侯馬載書的出土，我們真正理解了這句話的意義。（戰國文字研究〈六種〉‧侯馬載書「麻夷非是」解〔M〕，朱德熙古文字論集，北京：中華書局，1995，2：31～32，亦見：朱德熙文集（第 5 卷）〔M〕，北京：商務印書館 31～32）

郭沫若　「麻臯非是」：朱德熙與裘錫圭同志釋爲「滅夷彼氏」，謂即《公羊傳》襄公二十七年的「眛雉彼視」，至確。（新出侯馬盟書釋文〔M〕，郭沫若全集‧考古編‧第 10 卷‧考古論集，北京：科學出版社，1972：155）

唐蘭　麻臯非是和沁陽出土的載書相同，那批載書裏主要是韓族的人，可能是屬於韓的。朱德熙、裘錫圭認爲就是《公羊‧襄公二十七年》的「眛雉彼視」，是很對的。麻眛、臯雉、非彼、是視，均一聲之轉。（侯馬出土晉國趙嘉之盟載書新釋〔J〕，文物，1972，8：33）

陶正剛，王克林　郭沫若同志釋麻近靡，甚確。
　　「麻夷非是」就是絕子絕孫。（侯馬東周盟誓遺址〔J〕，文物，1972，4：31）

山西省文物工作委員會　麻臯非是——麻，音眯（mī）。臯，梯（tī）。非，音悲，上聲（běi）。麻臯非是，誅滅的意思。《公羊傳‧襄公二十七年》：「眛雉彼視。」《尚書‧盤庚》：「劓殄滅之。」注：「言不吉之人當割絕滅之。」後文不再注。（張頷，陶正剛，張守中，侯馬盟書〔M〕，太原：山西古籍 出版社，2006 年增訂本：36，亦見：山西省文物工作委員會，侯馬盟書〔M〕，北京：文物出版社，1976 第一版）

彭靜中　麻夷非是即滅地破氏，從口語譯出，就是奪地破家的意思。（古文字考釋二則〔J〕，四川大學學報‧社科版，1979，2：104）

戚桂宴　「麻夷非是」或「眛雉彼視」都當讀爲「無夷非是」，無夷是河伯的名字，誓辭等於說「河伯非是」，意爲河伯給予渝盟行爲以制裁。（「麻夷非是」解〔J〕，考古，1979，3：272）

劉翔　等　麻：通「摩」，滅。《方言》卷十三：「摩，滅也。」（侯馬盟書
〔M〕，商周古文字讀本，北京：語文出版社，1989，9：209）

唐鈺明　我們認爲戚先生的新解是不能成立的。

「明䃼䚹之」（或「永䃼䚹之」）常與「麻夷非是」連用，其中「䃼䚹」
應如何理解，仍有待進一步澄清。因該語與「麻夷非是」有關，故一
併於此討論。

在我們看來，無論「明殛䚹之」也好，「永䃼䚹之」也好，說的都是先
君神靈對背盟者本人的「懲罰」。對本人懲罰尚不足，則還要進一步殃
連其子孫宗族，這就是所謂「麻夷非是」了。（重論「麻夷非是」〔M〕，
著名中年語言學家自選集・唐鈺明卷：108、110，亦見：廣州師範學
院學報〔J〕，1989，4：93～100）

林志強　麻亡二字，同屬明母，音理相近，義類相通。《廣韻》：「亡，滅
也」，故麻亡二字均可訓「滅」義。《廣雅・釋詁》：「夷，滅也」。「麻
夷」或「亡夷」爲同義詞連用，表示「消滅」之意。「非，通「彼」，
「是」通「氏」。（戰國玉石文字研究述評〔J〕，中山大學研究生學刊，
1990，4：45）

湯余惠　麻夷之非是，盟書多作「麻夷非是」，增「之」字者共 2 例（此例
及 1：41），乃因緩讀而增字。麻夷非是，即蔑雉彼視，意謂如負此盟，
下場當與此被殺之雞相同。蔑雉，猶言殺雞，古人每用殺雞爲盟。或
謂《公羊》的「昧雉彼視」和盟約的「麻夷非是」，都是滅彼族氏的意
思，恐非確詁。（侯馬盟書〔M〕，戰國銘文選，長春：吉林人民出版
社，1993，9：198）

曾志雄　李裕民認爲「麻臺之」是「處死背盟者本人」，「非是（氏）」是
「滅亡背盟者的氏族」；「虘君其明䃼視之，麻臺非是」的意思是：「吾
君其明䃼視之，對背盟者要處死他，滅亡其氏族。」（以上見《古字
新考》頁 117～121）

李裕民之說以總結的姿態出現，既依據語法分析，又考慮到異文資料，
所以證據比較全面，立論周詳，是目前難以突破的成績。李氏曾引襄

公十一年盟誓「明神殛之，俾失其民，隊命亡氏，踣其國家。」一例
（上引文頁 120），來說明「麻臺非是」的含義，尤其值得注意；當中
「隊（墜）命亡氏」一語，無論在意義或句法上，與「麻臺非是」似
乎更密切對照。根據引文語義，「隊命」是指自己丟掉生命，「亡氏」
是指滅絕氏族，前者詛咒自己本人，後者詛咒自己的族人子嗣；因此，
如果我們承認「麻臺非是」中間省去「之」字，又認為這句話指的是
兩類事項的話，「麻臺非是」就很應該表示這兩種詛咒。

「麻臺非是」除了上引兩例作「麻臺之非是」之外，亦有十例作「亡臺
非是」，一例作「非夷」（79：8），李裕民就是根據這些例子認為「亡、
麻、非」是同義通用的。

盟書「麻」字有五例又作「麻」，屬於少數。前一寫法同於金文，後一
寫法同於《說文》，（見《汗簡注釋》頁 269「麻」字）後者可能屬於
新形式。（侯馬盟書研究〔D〕，香港：香港中文大學研究院中文學部
博士論文，1993：112、113）

何琳儀　麻　侯馬三二五，～臺非是

　　盟書「～臺非是」，讀「昧稚彼視」。《釋名・釋姿容》「摩挲，猶未殺
　　也。」是其佐證。《公羊・襄廿七》「將濟於河，攜其妻子而與之盟曰，
　　苟有履衛地食衛粟者，昧稚彼視。」實則「昧稚彼視」、「～臺非是」，
　　均讀「摩夷彼氏」，即滅彼族氏之意。《方言》十三「摩，滅也。」《廣
　　雅・釋詁》「夷，滅也。」（戰國古文字典〔M〕，北京：中華書局，1998：
　　888）

湯余惠，賴炳偉，徐在國，吳良寶：麻。（戰國文字編〔M〕，福州：福建
　　人民出版社，2001：492）

郝本性　侯馬盟書和溫縣盟書，盟辭中最後部分的「麻夷非是」，有的「是」
　　字寫作「氏」。雖然對此各家考釋意見不同，而我認為，解釋為「滅亡
　　其氏族」是正確的。（從溫縣盟書談中國古代盟誓制度〔J〕，華夏考古，
　　2002，2：107）

黃德寬　等　麻　侯馬三二五，～臺非是

　　盟書「～臺非是」，讀「昧稚彼視。」《釋名・釋姿容》「摩挲，猶未

殺也。」可爲佐證。《公羊傳・襄公廿七年》「將濟於河，攜其妻子而
與之盟曰，苟有履衛地食衛粟者，昧雉彼視。」「昧雉彼視」、「～塞非
是」，均讀爲「摩夷彼氏」，即滅彼族氏之義。《方言》十三「摩，滅
也。」《廣雅・釋詁》「夷，滅也。」（古文字譜系疏證〔M〕，北京：
商務印書館，2007：2350）

按：盟書中～，朱德熙，裘錫圭兩位先生之說可從。

室　⬚六七：一（1），尚敢或內（納）～者

張頷　「室」有的書作「⬚」或「⬚」或「⬚」「⬚」，與《仲殷父簋》銘
　　　文「室」字作「⬚」相近「以事其室」即指祭祀其宗廟世室而言。（侯
　　　馬東周遺址發現晉國朱書文字〔J〕，文物，1966，2：1）

陳夢家　宗字，1號片下從至，應是室即公室。（東周盟誓與出土載書〔J〕，
　　　考古，1966，2：274）

高明　另外，還可以從參加「納室類」盟誓成員的身份和盟辭內容看出，
　　　它同「宗盟」「委質」兩類盟誓在時間上的關係，以及主盟人舉行這樣
　　　一種盟誓的政治目的。
　　　所謂「納室」，據《侯馬盟書》作者正確地解釋爲「就是把別人的室奪
　　　取過來併入自己的家室範圍，以擴充這種剝削單位的行爲。」（侯馬載
　　　書盟主考〔C〕，古文字研究・第一輯，北京：中華書局，1979，8：
　　　110，亦見：高明論著選集〔M〕，北京：科學出版社，2001：273～279）

胡方恕　宗室爲一族之中心，被喻爲「本根」，是爲大宗；公族、卿等所置
　　　之側室，與「本根」相對被稱爲「枝葉」，是爲小宗。若側室強大，或
　　　自爲「大宗」，此時當另置側室爲小宗。可見一個索族是由若干「室」
　　　所組成。「室」即爲「族」之基本單位。
　　　西周中期開始出現土地交易之後，逐漸產生了被剝削的社會基本單位
　　　由公社向「室」轉化的跡象。而這時的「室」也就包括了土地與民。（關
　　　於春秋時代的「室」與其有關的問題〔J〕，東北師大學報・哲學社會
　　　科學版，1983，5：83）

曾志雄　謝維揚對「室」和「分室」的內涵有比較深入的探討。他指出，周代同氏集團成員的共財單位，就國中而言，是室；被稱作「室」的財產並不是指田產，當然不排除一部分指動產，如貨幣、器用等。但室作爲財產主要不是指這些動產。以魯國襄公十一年（西元前 562 年）「三分公室」的情形來看，室作爲財產，其形態可能是指人，是指可以被徵、被臣的人。而這些人是與軍役有關的。與軍役有關的人，也就是國中有義務當兵的居民。在正常的情況下，兵士屬於哪一個室，也就貢納給這個室的主人。而作爲財產的一般貴族的室，指的也應是國中的一部分向該貴族提供貢納和在戰時在其屬下當兵的居民。

「室」字盟書從宀從至，《說文解字》析爲「從宀至聲」（頁 338 上），是個形聲字，盟書「室」字字形無大變化。（侯馬盟書研究〔D〕，香港：香港中文大學研究院中文學部博士論文，1993：200、201）

何琳儀　室　侯馬三二〇，尚敢或入～者

《說文》：「～，從宀，從至。」（戰國古文字典〔M〕，北京：中華書局，1998：1087～1088）

黃德寬 等　室　侯馬三二〇，尚敢或內～者（古文字譜系疏證〔M〕，北京：商務印書館，2007：3339～3341）

寗　⊛九二：四〇（1），～

方述鑫　侯馬盟書寗字作⊛……（說甲骨文「八」字〔J〕，四川大學學報，1986，2：103）

何琳儀　寗　侯馬三一七，～逐；～

侯馬盟書～，姓氏。寧氏，衛武公之後。見《姓氏急就篇注》。（戰國古文字典〔M〕，北京：中華書局，1998：813）

湯余惠，賴炳偉，徐在國，吳良寶：寗。（戰國文字編〔M〕，福州：福建人民出版社，2001：496）

黃德寬 等　寗　侯馬三三四，～

～，讀寧，姓氏，《萬姓統譜・青韻》「寗，秦寧公之後。」（古文字譜

系疏證〔M〕，北京：商務印書館，2007：2175～2176）

姜允玉　「寍」今字作「寧」。依今字原則，本條隸作「寧」。（《侯馬盟書·
　　字表》）補正〔C〕，古文字研究·第二十七輯，北京：中華書局，2008：
　　366）

按：盟書中無「～逆」這一辭例，《古文字譜系疏證》對《戰國古文字典》
　　進行了糾正。

定　☖一六：三(3)、☖一：二(1)、☖三：七(1)、☖一六：一五(3)，
　　～宮平時之命

張頷　「定宮」即晉公午之宗廟。（侯馬東周遺址發現晉國朱書文字〔J〕，
　　文物，1966，2：2）

郭沫若　「定宮」，張頷同志以爲晉定公午之廟，殆不可易。（侯馬盟書試
　　探〔J〕，文物，1966，2：5）

陳夢家　張、郭以爲定宮是定公午之廟，是可能的。（東周盟誓與出土載書
　　〔J〕，考古，1966，2：277）

唐蘭　定宮是定公之宮。（侯馬出土晉國趙嘉之盟載書新釋〔J〕，文物，
　　1972，8：32）

朱德熙，裘錫圭　定宮即晉定公之廟。（關於侯馬盟書的幾點補釋〔J〕，文
　　物，1972，8：37）

李裕民　前面對歷史記載的分析中已經肯定盟書不可能在晉定公十五年和
　　哀公四年，而應在景公時期，則定宮解釋爲定公之宮也就難以成立，
　　它可能如襄公之宮稱爲固宮一般，是某個晉公的宮名，也可能和上宮、
　　下宮一樣，不一定是晉侯的宮名。（我對侯馬盟書的看法〔J〕，考古，
　　1973，3：189）

山西省文物工作委員會　定官、平時——主盟人受命的地方（詳見《「侯
　　馬盟書」叢考》）。（張頷，陶正剛，張守中，侯馬盟書〔M〕，太原：
　　山西古籍出版社，2006年增訂本：32，亦見：山西省文物工作委員會，
　　侯馬盟書〔M〕，北京：文物出版社，1976第一版）

劉翔　等　定宮：宗廟之名。

　　定宮、平峙之命：主盟人曾在定宮和平峙受到賜命，故有此語。（侯馬盟書〔M〕，商周古文字讀本，北京：語文出版社，1989，9：208）

湯余惠　定宮，宗廟或宮室名。（侯馬盟書〔M〕，戰國銘文選，長春：吉林人民出版社，1993，9：197）

曾志雄　如果我們接受郭沫若等人的意見，認爲平峙是晉平公（西元前 557～532 在位）的峙，定宮是晉定公（西元前 509～475 在位）的宮（見上文頁 49），那麼「定宮平峙之命」就是兩次的晉國之命；第一次由平公主盟，第二次由定公主盟，兩次盟約的主要內容都是「始禍者死」，目的在針對當時「六卿強，公室卑」（見《史記・晉世家》）的形勢，以維持晉國國內的安定局面。至於「定宮平峙」次序顛倒的問題，只要我們注意到本句「嘉之盟、定宮平峙之命」是個並列結構的話，這個問題是可以迎刃而解的。

　　定宮的「定」字盟書一般作❖、❖，依《說文》段注的意見是從宀正聲（頁 399 上），後一字形顯然在「正」旁上增一短畫；依張振林上引意見，這是個新形式的特徵。這種新形式在定字全部二百三十五例中占了一百二十三例，已經超過半數，屬於優勢。但也有作❖（198：12）、❖（16：15）的，共十二例。何琳儀《戰國文字通論》認爲後二形從宀丁聲，與前二形的關係是諧聲偏旁不同，仍屬於一個字。他把古文字中這種諧偏旁互異的情況稱爲音符互作，而定字這兩類聲符不同的異體字屬於音符互作中「疊韻音符互作」的例子，因爲「正」、「丁」在上古音中同屬耕部。（頁 212 及頁 240 注 89）《侯馬盟書》中沒有丁字，我們不知道上述定字中的❖、❖，是否爲「丁」旁，但以丁字在《邵鐘》作❖，在《者減鐘》作❖，（補摹本《金文編》頁 963）我們認爲何琳儀之說是對的。（侯馬盟書研究〔D〕，香港：香港中文大學研究院中文學部博士論文，1993：74）

何琳儀　定　侯馬三一四、～宮平峙之命（14 例）
　　～，從宀，正聲。戰國文字～，⋯⋯，或省正旁，從丁聲作❖、❖。凡此均可證正本從丁聲。侯馬盟書「～宮」，晉定宮之宗廟。（戰國古

文字典〔M〕，北京：中華書局，1998：799）

謝堯亭　我認爲定宮平恃之命是晉君之命，即晉定公的命令。

　　「定宮平恃之命」中的「定宮平恃」即是命辭，意即平定城池宮殿，保衛都城，打擊范氏、中行氏等敵對勢力的侵擾。（山西省考古學會論文集（三）〔C〕，侯馬盟書的年代及相關問題，山西省考古學會編，太原：山西古籍出版社，2000，11：313）

田建文　「定宮平恃」則是說安定宮城，平定判亂者依仗的勢力。「定宮平恃」是動賓結構・與「爬山涉水」造詞法相同。「定宮平恃之命」是晉公對卿大夫的賜命。如《左傳・定公十三年》：「荀躒言於晉侯曰：君命大臣，始禍者死。載書在河……。」（山西省考古學會論文集（三）〔C〕，關於侯馬盟書，山西省考古學會編，太原：山西古籍出版社，2000，11：493）

湯余惠，賴炳偉，徐在國，吳良寶：定。（戰國文字編〔M〕，福州：福建人民出版社，2001：496）

黃德寬 等　定　侯馬三一四，～宮平恃之命

　　～，從宀，正聲。戰國文字～，……，或省正旁，從丁聲作⌂、⌂。凡此均可證正本從丁聲。侯馬盟書「～宮」，晉～公之宗廟。（古文字譜系疏證〔M〕，北京：商務印書館，2007：2148～2149）

按：在對～進行字形分析中，何琳儀先生具有遠見卓識，指出⌂從丁聲，在上古丁爲耕部端紐，正（定從正聲）爲耕部照紐，定爲耕部定紐，三字疊韻，端、照、定同爲舌音。

宋　⌂　一：六八（1），～

《侯馬盟書・字表・存疑字》373頁：⌂一：六八。

黃德寬 等　宋　侯馬三五六，～

　　《說文》：「～，無人聲。從宀，未聲。」同寂，《玉篇》：「寂，無聲也。」侯馬盟書～，人名。（古文字譜系疏證〔M〕，北京：商務印書館，2007：553～554）

按：《古文字譜系疏證》之說可從。

守 〔圖〕二〇〇：二（4），不～二宮

劉翔　等　守：守護。（侯馬盟書〔M〕，商周古文字讀本，北京：語文出版社，1989，9：208）

高智　在《侯馬盟書・宗盟類》中有：「……不守二宮者……」之句，其中「守」字作「〔圖〕」（一：四〇）、「〔圖〕」（一：九二）、「〔圖〕」（一五六：一七）、「〔圖〕」（二〇〇：一六）、「〔圖〕」（一五六：二）、「〔圖〕」（一：八）、「〔圖〕」（三五：六）、「〔圖〕」（二〇〇：一九）等形，在二百三十八例「守」字中有「〔圖〕」、「〔圖〕」、「〔圖〕」形者八例，作「〔圖〕」、「〔圖〕」、「〔圖〕」、「〔圖〕」形者六例，可知「〔圖〕」（宗）形字約占整個字例的百分之三，而「〔圖〕」（宑）形字占百分之二點五，可見比例是很小的。儘管其所占的比例較小，但經我們認真分析，不可能是由筆誤所造成的，而是「宗」、「守」二字的合義之文。在《侯馬盟書》中，「宗」、「宑」是在「守」的詞義部位出現的，有「守」之義無疑，而「守」字又與「宗」字相合，足見其「守宗」之辭不誤。（侯馬盟書主要問題辨述〔J〕，文物季刊，1992，1：38）

曾志雄　守字在盟書中有〔圖〕、〔圖〕、〔圖〕等形，其中以第一字形最多，有 172 次，第二字形次之，有 53 次；最後一字形只有 8 次。第一字形由「宀」、「寸」（不是加點的「又」）組成，爲主要的寫法；第二字形從「宀」從「又」，但所有「又」旁都加點，沒有例外，這與盟書其他「又」旁可加可不加點的情況不同；第三字形從「宔」、從「又」，是最繁複的一個寫法。（侯馬盟書研究〔D〕，香港：香港中文大學研究院中文學部博士論文，1993：86）

何琳儀　守　侯馬三二〇，不～二宮
侯馬盟書～，～護，《墨子・號令》「～宮三難。」（戰國古文字典〔M〕，北京：中華書局，1998：190～191）

湯余惠，賴炳偉，徐在國，吳良寶：守。（戰國文字編〔M〕，福州：福建人民出版社，2001：500）

黃德寬 等　守　侯馬三二〇，不～二宮

　　侯馬盟書～，～護，《墨子‧號令》「～宮三難。」（古文字譜系疏證〔M〕，

　　北京：商務印書館，2007：520～522）

按：𠧩（郭‧唐9）、𠩄（郭‧老子13）與盟書「守」字字形相近。

宗　𠄔六七：六（2），～人兄弟

郭沫若　「宗」如《驫羌鐘》之「賞于韓宗」之宗，彼以韓為宗，此則以

　　趙為宗。（侯馬盟書試探〔J〕，文物，1966，2：5）

山西省文物工作委員會　宗人兄弟——即同宗兄弟。《禮記‧曾子問》：「宗

　　兄、宗弟、宗子在他國，使某辭。」《後漢書‧齊武王縯傳》：「伯升部

　　將宗人劉稷。」「宗人兄弟」句下的「或」字似為誤增之字，同類盟書

　　的其他諸篇均無此字。（「侯馬盟書」注釋四種〔J〕，文物，1975，5：

　　20，亦見：張頷，陶正剛，張守中，侯馬盟書〔M〕，太原：山西古籍

　　出版社，2006年增訂本：40，亦見：山西省文物工作委員會，侯馬盟

　　書〔M〕，北京：文物出版社，1976第一版）

高明　「宗」指公族之宗。按之當時的宗法制度，貴族分大宗和小宗，「百

　　世不遷之宗」則為大宗，大宗是遠祖之正體，宗立宗子，即公族之主。

　　對一國來講，宗子就是國君；對一族來講，宗子就是公族大夫。（侯馬

　　載書盟主考〔C〕，古文字研究‧第一輯，1979，8：105～106）

曾志雄　宗人兄弟：《侯馬盟書》釋為「同宗兄弟」（頁 40），但這個解釋

　　頗不合邏輯。因為在血緣觀念之下，既是兄弟，就必然同宗，也就屬

　　於宗人的一分子；因此出「宗人」就不必出「兄弟」，出「兄弟」就不

　　必出「宗人」。而且上文委質類也沒有「宗人」與「兄弟」重出的例子。

　　因此「宗人」與「兄弟」在文例上必屬兩事無疑。

　　盟書「宗」字皆作「從宀示」（《說文解字注》頁 342 下），無一例外，

　　和「主」字有明顯分別，可見《侯馬盟書》把「主」字稱為「宗」是

　　不合的。

　　《侯馬盟書‧字表》之「宗」字主要收錄兩種字形，一作𠄔，一作𠄔；

我們在第三章已指出，兩種字形有嚴格區分，而且用法（意義）也不相同。前一字形應釋爲「宔（主）」，後一字形應釋爲「宗」，即《字表》111 號「宗」字應析爲「宗」「宔」二字。（侯馬盟書研究〔D〕，香港：香港中文大學研究院中文學部博士論文，1993：202、203）

何琳儀　宗　侯馬三一四，～人兄弟

> 侯馬盟書「～人」，見《禮記·文王世子》「～人授事以官。」（戰國古文字典〔M〕，北京：中華書局，1998：278）

黃德寬 等　宗　侯馬三一四，～人兄弟

> 侯馬盟書「～人」，見《禮記·文王世子》「～人授事以官。」（古文字譜系疏證〔M〕，北京：商務印書館，2007：1216～1218）

按：何琳儀先生之說可從。

宔 ![字形]一：一（1），以事其～

《侯馬盟書·字表》331 頁：宗。

> 長甘（即張頷）「以事其宗」的「宗」字，均指宗廟而言。《說文》：「宗，尊祖廟也。」《國語·晉語》：「夫曲沃，君之宗也。」韋昭注：「曲沃，桓叔之封，先君宗廟在焉。」《儀禮·士昏禮》：「承我宗事。」鄭玄注：「宗事，宗廟之事」。「事」即祭祀的意思。《公羊傳·文公二年》：「大事於大廟。」疏：「知此言大者，是大祭明矣。」（「侯馬盟書」叢考〔J〕，文物，1975，5：15～16，亦見：張頷，陶正剛，張守中，侯馬盟書〔M〕，太原：山西古籍出版社，2006 年增訂本：67，亦見：山西省文物工作委員會，侯馬盟書〔M〕，北京：文物出版社，1976 第一版）

黃盛璋　本書分盟書第一類叫「宗盟類」，它的得名主要是因篇首都爲某人「敢不剖其腹心，以事其宗」開始，《侯馬盟書叢考》說：「宗指宗廟而言」，「同姓同宗的人在一起舉行盟誓，叫做宗盟」。如此，「宗」字不僅關係盟書名稱，也關係它的性質，更重要的是牽涉對這類盟書內容與盟者彼此關係的理解。其實此字不是「宗」，而是「主」，從盟書

本身已獲得證明。(關於侯馬盟書的主要問題〔J〕,中原文物,1981,
2：28)

劉翔 等 宗：主。(侯馬盟書〔M〕,商周古文字讀本,北京：語文出版
社,1989,9：207)

陳漢平 侯馬盟書(下文簡稱盟書)有字作令、宋、令、宋、宋、宋、
令、宋、宋、令、令、令、宋、宋、宋、令、令、宋,《侯馬盟
書》字表(下文簡稱字表)釋宗,未確。此字在盟書文例爲「以事
其△」,據字形及文義知爲宔字。《說文》：「宔,宗廟宔祐。從宀,
主聲。」「祐,宗廟主也。」宔字在盟書讀爲主,盟書此句當讀爲「以
事其主。」《三體石經·多方》主字古文作宋；《古文四聲韻》九麌
收有主字古文：宋、宋,係假借宔字爲主,字形與盟書宔字相同,
可以爲證。

又盟書「不守二宮」,守字或體作令、令、宋、宋、令、宋,所以偏
旁亦爲宔字,特此指出。(侯馬盟書文字考釋〔M〕,屠龍絕緒,哈爾
濱：黑龍江教育出版社,1989,10：347)

郭政凱 大多數盟書中都有「敢不剖其腹心以事其主」。黃盛璋指出：據史
殿巍、仁柳剛等三篇盟辭中作「敢不侑剖其心以事嘉」,可知「主」即
指趙嘉。春秋時期,不僅宗人稱宗子爲「主」。家臣稱家主爲「主」,
邑人稱邑主爲「主」,大夫稱正卿爲「主」,而且介卿稱正卿爲「主」,
甚至異邦人也稱他國執政正卿爲「主」,可見凡地位較高的人都可被地
位較低的稱爲「主」,並不限於有隸屬關係的人。(侯馬盟書參盟人員
的身份〔J〕,陝西師範大學學報·哲學社會科學版,1989,4：95～96)

高智 我們認爲：「宗」、「宔」二字聲義皆近,二字是可以通假的。在《侯
馬盟書》中「宗」字是本體字,在其他地方寫作「宔」是通假而用的,
也就是說「宗」爲本體,「宔」爲借體。

《侯馬盟書·宗盟類》中的「以事其宗」仍應該是「宗」字而不是「宔」
字,由於它們的形近意通,故在文獻中有時假借而用。(侯馬盟書主要
問題辨述〔J〕,文物季刊,1992,1：32～34、38)

曾志雄　宗：原文作🔳。以字形看，此字應釋作「主」，《侯馬盟書》釋作宗（頁36）是不對的。

可見「主」不是各自的「主」，而是最大含義的共同的「主」；他應該是上一篇出現過的「嘉」。

主字字形基本上從「宀」從「主」作「宔」形。所有「主」旁中書都加點作🔳形；也有二十多例寫作「宗」的，一例寫作「守」（從「宀」從「又」，見下文「守」字的討論）。前者與《䚄羌鍾》的「宗」字（按：即銘文的「厥辟韓宗」、「賞於韓宗」，見《三代吉金文存》卷一頁32A～32B）同，李學勤等人據正始石經《尚書》，認爲「古文主字多作宗」，又引朱駿聲《說文通訓定聲》「宗」字條，以宗與主爲「一聲之轉」（李學勤、李零《平山三器與中山國史的若干問題》頁152）。根據侯馬盟書「示」旁與「主」旁未見通用互作之例，「宗、主（宔）」二字屬一字典形情況可能性不大；而依「一聲之轉」的說法，倒不如視「宗、主」爲同義詞更直接恰當。（侯馬盟書研究〔D〕，香港：香港中文大學研究院中文學部博士論文，1993：60～62）

何琳儀　宔　侯馬三一四，以事其～

盟書～，讀主，君主。《廣雅·釋詁》一「主，君也。」（戰國古文字典〔M〕，北京：中華書局，1998：358）

湯余惠，賴炳偉，徐在國，吳良寶：宔。（戰國文字編〔M〕，福州：福建人民出版社，2001：505）

黃德寬　等　宔　侯馬三一四，以事其～

～，從宀，從主，會神主在室內之意。主亦聲。主、～實爲一字。主，三體石經《多方》作🔳，《汗簡》上二·二七作🔳，可資佐證。

盟書～，讀主，君主。《廣雅·釋詁》一「主，君也。」（古文字譜系疏證〔M〕，北京：商務印書館，2007：985～987）

按：侯馬盟書發表者張頷等將宗與宔合爲一字，黃盛璋先生第一次將宗、宔分開，頗具遠見卓識。

※宎　【字形】八八：二（1），～

湯余惠，賴炳偉，徐在國，吳良寶：宎。（戰國文字編〔M〕，福州：福建
　人民出版社，2001：495）

何琳儀　　宎　侯馬三二三，～

　　侯馬盟書～，人名。讀爲奐。見奐。（戰國古文字典〔M〕，北京：中
　　華書局，1998：982）

黃德寬　等　　宎　侯馬三二三，～

　　盟書～，人名。（古文字譜系疏證〔M〕，北京：商務印書館，2007：
　　2581）

※甯　【字形】一六：二六（1），～

　　《侯馬盟書・字表・存疑字》374頁：【字形】一六：二六。

　　湯余惠，賴炳偉，徐在國，吳良寶：甯。（戰國文字編〔M〕，福州：
　　福建人民出版社，2001：513）

※窬　【字形】七五：八（1），敢～出入

　　《侯馬盟書・字表》338頁：俞。

黃德寬　等　窬　侯馬三二一，敢～出入

　　～，從宀，俞聲。疑窬之異文。參窬字。侯馬盟書～，讀踰。見俞字。
　　（古文字譜系疏證〔M〕，北京：商務印書館，2007：1019）

※垍　【字形】二〇〇：一六（6），不～二宮

　　《侯馬盟書・字表》331頁：宗。

湯余惠，賴炳偉，徐在國，吳良寶：宔。（戰國文字編〔M〕，福州：福建
　人民出版社，2001：505）

黃德寬　等　侯馬三〇六，不～二宮

　　～，從守，主爲疊加音符，守、主均爲透紐。～，守之繁文。侯馬盟

書～，讀守，或讀主。見「宝」字。讨爲守之後起注音增繁字。（古文字譜系疏證〔M〕，北京：商務印書館，2007：522）

按：《古文字譜系疏證》之說可從。

宮 一：二（1），不守二～者

何琳儀　宮　侯馬三二〇，不守二～者

侯馬盟書～，宗廟。《詩・大雅・雲漢》「自郊徂～」，箋「～，宗廟也。」（戰國古文字典〔M〕，北京：中華書局，1998：268）

湯余惠，賴炳偉，徐在國，吳良寶：宮。（戰國文字編〔M〕，福州：福建人民出版社，2001：514）

黃德寬 等　宮　侯馬三二〇，不守二～者

戰國文字～，多爲宗廟。（古文字譜系疏證〔M〕，北京：商務印書館，2007：1106～1107）

突 二〇〇：五（1），～

《侯馬盟書・字表・存疑字》376頁：二〇〇：五。

李裕民　《侯馬盟書》宗盟類二之二〇〇：五。

此字亦見甲骨文，《甲骨文編》附錄上・七二收入下列諸形：

金文有下列二字：《金文編》附錄下・二五。《羖簋》，《文物》一九七九年二期。

諸字舊均不識。按：應是架字，《中山王壺》「厝愛深則孯人嚭（親）」的深字偏旁正作：《文物》一九七九年一期。與上述諸形同。（侯馬盟書疑難字考〔C〕，古文字研究・第五輯，北京：中華書局，1981，1：292～295）

何琳儀　突　侯馬三五九，～

侯馬盟書～，人名。（戰國古文字典〔M〕，北京：中華書局，1998：1405）

按：李裕民先生之說可從。

※窩　⬚一五六：二○（6），～之行道

陶正剛，王克林　「⬚」似是寓，和《金文編》、《寓鼎》、《寓卣》中寓字同。寓和遇古音相通，應作相逢講。「寓」字在其他各篇均作⬚、⬚，應是「見」字。（侯馬東周盟誓遺址〔J〕，文物，1972，4：31）

朱德熙，裘錫圭　「窩」字在原照片上相當清楚。古文字從宀與從穴往往相通。如金文「竈」字或從宀、或從穴（《金文編》430頁），「宿」字或從穴（《三代》7，19「弔宿簋」，《金文編》收入附錄975頁），「寮」字《說文》從穴，而金文從宀（《金文編》431頁），戰國璽印文字「宵」字從穴（《徵》7，5上），「窯」字從「宀」（《徵》7，5下），「突」字從「宀」（《徵》附26下）。故知「窩」即「寓」字。「遇」、「寓」皆從「禺」聲，盟書借「寓」為「遇」（金文「遇」字有從寓聲者，見《金文編》430頁）。（關於侯馬盟書的幾點補釋〔J〕，文物，1972，8：38）

山西省文物工作委員會　窩之行道弗殺——窩，借用為「遇」字；盟書中或作「逢」，或作「見」。遇之行道，意思是說在路上遭遇。《禮記‧少儀》：「遇於道，見則面。」（張頷，陶正剛，張守中，侯馬盟書〔M〕，太原：山西古籍出版社，2006年增訂本：39，亦見：山西省文物工作委員會，侯馬盟書〔M〕，北京：文物出版社，1976第一版）

高明　「窩（遇）之行道弗殺（殺）」；則謂與閔⬚之子孫遇之於道則弗殺者，君其視之，亦要受懲罰。（載書〔M〕，中國古文字學通論，北京：北京大學出版社，1996，6：430）

何琳儀　窩　侯馬三二六，～之行道
侯馬盟書～，相～。（戰國古文字典〔M〕，北京：中華書局，1998：352～353）

湯余惠，賴炳偉，徐在國，吳良寶：窩。（戰國文字編〔M〕，福州：福建人民出版社，2001：517）

黃德寬 等　竂　侯馬三二六，～之行道

　　～，從穴，禹聲。寓之繁文。侯馬盟書～，讀遇。（古文字譜系疏證〔M〕，

　　北京：商務印書館，2007：967）

按：朱德熙、裘錫圭兩位先生之說可從。

扩　一、**〻**三：一九（2），～。二、**〻**三：二二（4），重～。三、**〻**三：二四（1），比～

何琳儀　扩　侯馬三六三，～。侯馬三七○，先～

　　侯馬盟書～，人名。（戰國古文字典〔M〕，北京：中華書局，1998：

　　1093）

劉國忠　先扩可能就是先疣，該字下面的「克」殘泐，這種情況在侯馬盟

　　書中也常見，如盟書的 3：5，16：6，316：10 等也是這種情形，侯馬

　　盟書中這二人常被並列，稱「趙狐及其子孫、先疣之子孫」。（侯馬盟

　　書數術內容探討〔J〕，清華大學學報‧哲學社會科學版，2006，4：86）

黃德寬 等　扩　侯馬三六三，～。侯馬三七○，先～

　　侯馬盟書～，人名。（古文字譜系疏證〔M〕，北京：商務印書館，

　　2007：3365）

按：盟書中～，或爲殘字，或爲人名。《戰國古文字典》等著作中的「先～」，

　　應爲「七～」。

疳　**〻**八五：五（1），～

何琳儀　疳　侯馬三三三，～

　　侯馬盟書～，人名。（戰國古文字典〔M〕，北京：中華書局，1998：

　　323）

湯余惠，賴炳偉，徐在國，吳良寶：疳。（戰國文字編〔M〕，福州：福建

　　人民出版社，2001：520）

黃德寬 等　疳　侯馬三三三，～

　　侯馬盟書～，人名。（古文字譜系疏證〔M〕，北京：商務印書館，

　　2007：892）

痼　[字形]九八：三〇（2），～

　　陳漢平　盟書人名[字形]、[字形]、[字形]、[字形]、[字形]、[字形]、[字形]、[字形]、[字形]、[字形]、[字形]、[字形]，
　　　　字表釋疙，未確。按克字古文作[字形]、[字形]，與此字所從不同，據此同名異
　　　　體字可知，此字從古得聲，當以痼字爲正體。《說文》：「痼，久病也。
　　　　從疒，古聲。」上列諸體從[字形]；即從弓，古文字形旁從弓，從□可以通
　　　　用。故痼字後世改作痼。
　　　　此字亦見於古璽，《古璽文編》一九五頁疒部後附有下列諸字：[字形]、[字形]、
　　　　[字形]、[字形]、[字形]、[字形]、[字形]、[字形]、[字形]、[字形]，釋爲疙，未確。學者又多釋爲瘇，
　　　　亦未確。此字當釋爲痼、痼字。（侯馬盟書文字考釋〔M〕，屠龍絕緒，
　　　　哈爾濱：黑龍江教育出版社，1989，10：358）

　　何琳儀　痼　侯馬三三三，～
　　　　侯馬盟書～，人名。（戰國古文字典〔M〕，北京：中華書局，1998：
　　　　478）

　　湯余惠，賴炳偉，徐在國，吳良寶：痼。（戰國文字編〔M〕，福州：福建
　　　　人民出版社，2001：524）

　　黃德寬　等　痼　侯馬三三三，～
　　　　侯馬盟書～，人名。（古文字譜系疏證〔M〕，北京：商務印書館，2007：
　　　　1338）

　　按：陳漢平先生將痼與疙相混，非是。

※疦　[字形]八五：三二（1），～

　　湯余惠，賴炳偉，徐在國，吳良寶：疦。（戰國文字編〔M〕，福州：福建
　　　　人民出版社，2001：527）

　　按：盟書中～，宗盟類參盟人名。

※痰　[字形]九八：七（1），～

　　湯余惠，賴炳偉，徐在國，吳良寶：痰。（戰國文字編〔M〕，福州：福建
　　　　人民出版社，2001：528）

按：盟書中～，宗盟類參盟人名。

※痬 痬三：一（4），比～

曾志雄　痬字從疒克聲，疒旁有四例作形，其餘作形。高明認爲此兩
種疒旁都是戰國文字形體，而前者更是新體式。（見高明《中國古文
字學通論》頁77表三八及頁74～75說明）盟書從疒之字有「疾、疛、
痎、疳、瘜、癭、瘍、瘇、瘟、瘂、瘂、癧」等字，其疒旁無一作前
一形式，只有上述四例痬字疒旁才作此形，可見此形大概與起不久。
（侯馬盟書研究〔D〕，香港：香港中文大學研究院中文學部博士論
文，1993：99）

湯余惠，賴炳偉，徐在國，吳良寶：痬。（戰國文字編〔M〕，福州：福建
人民出版社，2001：528～529）

黃德寬　等　痬　侯馬三三三，比～
～，從疒，克聲。或加又旁作敠。侯馬盟書～，人名。（古文字譜系疏
證〔M〕，北京：商務印書館，2007：83～84）

按：《古文字譜系疏證》之說可從。

※瘣 瘣一九四：四（1），～夫

湯余惠，賴炳偉，徐在國，吳良寶：瘣。（戰國文字編〔M〕，福州：福建
人民出版社，2001：529）

黃德寬　等　瘣　侯馬三三三，～夫
～，從疒，圭聲。侯馬盟書～，人名。（古文字譜系疏證〔M〕，北京：
商務印書館，2007：1752）

※瘜 瘜八五：二四（1），輔～

《侯馬盟書·字表》350頁：瘜。

陳漢平　盟書有人名字作瘜，字表隸定作瘜而無說。按戰國文字忘字多省

作怠，如古璽文怠字作🔣（《古璽彙編》0384）、🔣（0976），總字作🔣（0767），中山王銅方壺銘「嚴敬不敢怠荒」，怠字作🔣，故盟書此字當釋瘂。《集韻》：「瘂，蕩亥切，怠上聲，病也。」（侯馬盟書文字考釋〔M〕，屠龍絕緒，哈爾濱：黑龍江教育出版社，1989，10：352）

湯余惠，賴炳偉，徐在國，吳良寶：瘂。（戰國文字編〔M〕，福州：福建人民出版社，2001：531）

黃德寬　等　瘂　侯馬三三三，輔～

～，從疒，怠聲。疑瘂之省文。《集韻》「瘂，病也。」侯馬盟書～，人名。（古文字譜系疏證〔M〕，北京：商務印書館，2007：127）

按：～，當從《戰國文字編》，應嚴格隸定為瘂。

※癲　🔣三：二一（3），比～

曾志雄　癲：人名。

盟書「癲」字有二十例，其中十六例作「癲」，屬古老形式，已如上言；四例作「興」，應屬新興形式。由於「癲」字偏旁多於三個，所以我們認為作「興」是簡省而不是假借。（侯馬盟書研究〔D〕，香港：香港中文大學研究院中文學部博士論文，1993：171）

何琳儀　癲　侯馬三五三，牁～

～，從疒，興聲。疑興之繁文。侯馬盟書～，人名。（戰國古文字典〔M〕，北京：中華書局　，1998：134）

湯余惠，賴炳偉，徐在國，吳良寶：癲。（戰國文字編〔M〕，福州：福建人民出版社，2001：535）

黃德寬　等　癲　侯馬三五三，牁～

～，從疒，興聲。侯馬盟書～，族氏名或人名。（古文字譜系疏證〔M〕，北京：商務印書館，2007：333）

※癱　🔣三：二一（5），郵～

《侯馬盟書・字表》371頁：癱。

朱德熙，裘錫圭　「重瘫」之名從疒雍聲，當釋「癰」，不當釋「雍」。（關於侯馬盟書的幾點補釋〔J〕，文物，1972，8：48）

曾志雄　郵癰：人名。《說文解字》有「癰」字，釋爲「腫也；從疒雝聲。」（頁 350 上）可見癰爲形聲字。《說文》另有「雝」字，云「從隹邕聲」，段玉裁注：「隸作『雍』。」（頁 143 上）可見「癰」爲以形聲字爲聲符之形聲字。金文「雝」字由「水、呂、隹」構成，基本上作「雝」（見補摹本《金文編》頁 257）；盟書「癰」字由「疒、售」組合而成（156：19），未見從「雝」旁，而古文字亦未見「售」字，這顯然是因爲「癰」偏旁過多，受張力原則支配而省去「水」旁的緣故。盟書「癰」字中之「呂」旁，李家浩認爲即古文字「宮」、「雝」等字所從的聲符，（《從戰國「忠信」印談古文字中的異讀現象》頁 12）因此盟書「癰」字可析爲「從疒雝省聲」。盟書「癰」字像上述 156：19 的字形共十三例，屬於優勢；也有四例把「呂」形省爲「口」的，這是進一步簡省；一例省去「疒」作「售」，「從隹呂聲」，應屬新興寫法，類似上文「瘋」字省去「疒」作「興」一樣，所以我們不把作「售（癰）」看作「癰」的假借字。（侯馬盟書研究〔D〕，香港：香港中文大學研究院中文學部博士論文，1993：182）

何琳儀　癰　侯馬三五四，郵～

戰國文字～，人名。（戰國古文字典〔M〕，北京：中華書局，1998：405）

湯余惠，賴炳偉，徐在國，吳良寶：癰。（戰國文字編〔M〕，福州：福建人民出版社，2001：521～522）

黃德寬 等　癰　侯馬三五四，郵～

～，從疒，雝聲。癰之省文。見癰字。戰國文字～，人名。（古文字譜系疏證〔M〕，北京：商務印書館，2007：1113）

※妝　𣁽九二：二四（1），～

《侯馬盟書・字表・殘字》383 頁：𣁽九二：二四。

黃德寬 等　疒　侯馬三六六，～

　　～，從广，女聲，疑痴之省文，《集韻》「痴，病也」。戰國文字～，人
　　名。（古文字譜系疏證〔M〕，北京：商務印書館，2007：1562）

按：《古文字譜系疏證》之說可從。

胄（𦜹）　𦜹二〇〇：二六（1），～

黃德寬 等　𦜹　侯馬三一八，～

　　～，甲骨文從目，由聲。胄之本形。侯馬盟書～，人名。（古文字譜系
　　疏證〔M〕，北京：商務印書館，2007：589～590）

兩　𡴀二〇〇：一五（1），～

《侯馬盟書・字表》334 頁：幸。

吳振武　「宗盟類」200：15 有參盟人 𡴀。𡴀字《字表》釋爲「幸」（317
　　頁）。按此字釋「幸」不確，我們認爲此字可釋爲「兩」。在戰國文字
　　中，從 𡴀 作的「兩」字並不罕見。如鄲孝子鼎銘文中的「兩」字作 兩
　　或 𡴀（《三代》3・36）；趙三孔布背文中的「兩」字作 兩（《發展史》
　　139 頁；中山王兆窆圖銘文中的「兩」字作 兩，均從 𡴀。此外，信
　　陽楚簡 202 號簡中的「兩」字作 兩 或 𡴀（《文物參考資料》1957 年
　　9 期），亦與此近似，𡴀字上部所從的 ∧，似可視爲「宀」旁。在侯
　　馬盟書中從「宀」的字很多，幾乎每個從「宀」的字都可把「宀」旁
　　寫作 ∧ 形，而中山王兆窆圖銘文中的「兩」字也同樣從「宀」，同銘
　　中從「宀」的「宮」、「宗」、「官」等字均可證。因此，把 𡴀 字釋爲
　　「兩」從字形上來看當比釋爲「幸」更合理些。當然，「兩」字發展
　　到戰國時代變爲「從宀從 𡴀」乃是一種「訛變」。關於它的造字本義
　　于省吾先生有專有《釋兩》（待刊）一文論之甚祥，此不贅述。（讀侯
　　馬盟書文字劄記〔M〕，中國語文研究（香港）・第 6 期，1984，5：
　　13～14）

曾志雄　幸：見《侯馬盟書》頁 61，《附錄》第 208 號。原文作 𡴀（200：
　　15），該字上部所從明顯非「大」旁，因此釋「幸」於字形不合。吳振

武亦持此看法，他不但以西周至戰國金文「執、𡧖、報、擇、𢪒」等字的「幸（卒）」旁及盟書「執」字「幸（卒）」旁證明此字不應釋為「卒（幸）」，而且還據《鄲孝子鼎》銘、趙三孔布背文及《中山王兆窆圖》銘文中諸「兩」字字形，定盟書此字為「兩」。吳氏又指出，盟書此字上部作**∧**，與盟書「宀」旁的寫法相同，因此盟書「兩」字可定為「從宀從羊」，在當時為一種訛變。黃盛璋也指出，「兩」字作**坐**，屬戰國時三晉、東周的寫法。（侯馬盟書中的人名問題〔C〕，容庚先生百年誕辰紀念文集，廣州：廣東人民出版社，1998，4：502～503）

湯余惠，賴炳偉，徐在國，吳良寶：兩。（戰國文字編〔M〕，福州：福建人民出版社，2001：538）

按：吳振武先生之說可從。

罵 **篆** 一八五：一（4），～

何琳儀　罵　侯馬三四五，～

侯馬盟書～，人名。（戰國古文字典〔M〕，北京：中華書局，1998：609）

湯余惠，賴炳偉，徐在國，吳良寶：罵。（戰國文字編〔M〕，福州：福建人民出版社，2001：540）

黃德寬 等　罵　侯馬三四五，～

侯馬盟書～，人名。（古文字譜系疏證〔M〕，北京：商務印書館，2007：1693）

帥（帥）　**帥** 一六：三（1），不～從

山西省文物工作委員會　帥從 —— 即帥從，率領其眾相隨服從的意思。《左傳·襄公十一年》：「便蕃左右，亦是帥從。」注：「言遠人相帥來服從。」（張頷，陶正剛，張守中，侯馬盟書〔M〕，太原：山西古籍出版社，2006 年增訂本：32，亦見：山西省文物工作委員會，侯馬盟書〔M〕，北京：文物出版社，1976 第一版）

曾志雄　帥從：侯馬盟書也有作「達從」的，例如納室類就有「敢不達從

此盟質之言」的句子。

「達」字盟書有「從辵率聲」和「從止率聲」的，前者十六例，後者八例，屬於「辵、止」通用例。（侯馬盟書研究〔D〕，香港：香港中文大學研究院中文學部博士論文，1993：51、199）

何琳儀　帥　侯馬三一九，不～從

侯馬盟書「～從」，讀「率從」。見達字。（戰國古文字典〔M〕，北京：中華書局，1998：1285～1286）

黃德寬　等　帥　侯馬三一九，不～從

～，從巾，昌聲，古帥字。侯馬盟書「～從」，讀「率從」，遵從。參見「率」。（古文字譜系疏證〔M〕，北京：商務印書館，2007：3264～3265）

姜允玉　「帥」字盟書「帥從」中出現，意同達。盟書也有作「敢不達從此盟質之言」的句子。（《侯馬盟書·字表》補正〔M〕，古文字研究·第二十七輯，北京：商務印書館，2008：364）

白　三：二一（1），～父叔父

山西省文物工作委員會侯馬工作站　白父——即伯父。（「侯馬盟書」注釋四種〔J〕，文物，1975，5：20，亦見：張頷，陶正剛，張守中，侯馬盟書〔M〕，太原：山西古籍出版社，2006 年增訂本：38，亦見：山西省文物工作委員會，侯馬盟書〔M〕，北京：文物出版社，1976 第一版）

曾志雄　白父、叔父、兄弟：金文未見「伯」字，排行的「伯」、五等爵的「伯」，金文都寫作「白」（見《金文常用字典》頁 762）。因此盟書的「白父」在「叔父、兄弟」的詞串中應是「伯父」之意，它們都是先秦時的親屬稱謂。

盟書的「白」，字形一式，沒有變化；後人寫作「伯」，是後起形聲字。（侯馬盟書研究〔D〕，香港：香港中文大學研究院中文學部博士論文，1993：161、163）

何琳儀　白　侯馬三〇三，～父叔父

　　侯馬盟書「～父」，讀「伯父」。《墨子‧非儒》下「伯父叔父。」（戰
　　國古文字典〔M〕，北京：中華書局，1998：600～601）

黃德寬 等　白　侯馬三〇三，～父叔父

　　～，像人面貌之形。～與兒爲一字分化。～，並紐；兒，明紐，均屬
　　唇音，戰國文字或僞作 ◨，與日形混同。侯馬盟書「～父」，讀「伯
　　父」。《墨子‧非儒》下「伯父叔父」。（古文字譜系疏證〔M〕，北京：
　　商務印書館，2007：1670～1672）

《侯馬盟書文字集釋》卷八

仁（尼）　一、![字]一：三六（1），～　二、![字]一：四一（1），～柳剛

黃德寬 等　仁　侯馬三〇二，～

　　～，從尸，二爲裝飾部件（或分化符號）。（古文字譜系疏證〔M〕，北京：商務印書館，2007：2979～2980）

佗　![字]一九四：一一（1），～心

《侯馬盟書・字表・存疑字》376 頁：![字]一九四：一一。

李裕民　![字]《侯馬盟書》委質類一九四：一一。

　　左旁爲它，《它簋》作![字]；右旁爲人，與同片盟書伐字偏旁作![字]同，隸定爲佗。盟書佗心爲參盟人名。（侯馬盟書疑難字考〔C〕，古文字研究・第五輯，北京：中華書局，1981，1：299）

敚　![字]一：五三（1），迷～

何琳儀　侯馬三二四，～

　　![字]，甲骨文作![字]（合集二八三三），像人戴羽毛飾物之形。![字]（美）、![字]（![字]）僅正面側面之別，實乃一字之變。二字均屬明紐脂部，音義兼

通。《集韻》「媺，通作美。」《周禮・地官・師氏》「掌以媺詔王」，疏「媺，美也。」《說文》「媄，色好也。從女，美聲。」段注「《周禮》作媺，蓋其古文。」美、𢼸一字分化，《說文》有美無𢼸，𢼸見𢼸之偏旁。

甲骨文作（京都二一四〇）。從攴，𢼸聲。典籍通作微。《詩・邶風柏舟》「胡迭而微」，傳「微，謂虧傷也。」金文作（牆盤）。戰國文字承襲金文。《說文》「𢼸，妙也。從人，從攴，豈省聲。（無非切）」（八上七）（戰國古文字典〔M〕，北京：中華書局，1998：1305）

伐 三：二〇（8），閔～

何琳儀　伐　侯馬三〇六，閔～

～，從戈，從人，會以戈擊人之意。（戰國古文字典〔M〕，北京：中華書局，1998：955）

湯余惠，賴炳偉，徐在國，吳良寶：伐。（戰國文字編〔M〕，福州：福建人民出版社，2001：561）

黃德寬 等　伐　侯馬三〇六，閔～

～，從戈，從人，會以戈砍人頭之意。（古文字譜系疏證〔M〕，北京：商務印書館，2007：2512～2513）

弔 三：二一（1），伯父～父

《侯馬盟書・字表》331頁：叔。

何琳儀　弔　侯馬三一四，伯父～父

古文字～，均讀叔。叔，透紐幽部，弔，端紐宵部。端、透均屬舌音，幽、宵旁轉。《左・哀公十二年》「旻天不～」，《周禮・春官・大祝》祝～作淑，是其佐證。戰國文字一多讀「伯叔」之叔。侯馬盟書「～父」，讀「叔父」。《爾雅・釋親》「父之昆弟，先生爲世父，後生爲～父。」（戰國古文字典〔M〕，北京：中華書局，1998：307～308）

黃德寬 等　弔　侯馬三一四，伯父～父

～，從人，從🐟、🐟（像矢有繳形）。侯馬盟書「～父」，《爾雅・釋親》「父之昆弟。先生爲世父，後生爲叔父。」（古文字譜系疏證〔M〕，北京：商務印書館，2007：838～839）

按：何琳儀先生之說可從。

※復　🐟一：九三（1），敢不闢其～心

黃德寬 等　復　侯馬三四〇，敢不闢其～心

～，從人，復莅《字義總略》「～，除也。史～今年田租之半，今通作復。」戰國文字人、亻二旁易混。侯馬盟書～，讀腹。見「腹」字。（古文字譜系疏證〔M〕，北京：商務印書館，2007：716～717）

※僿　🐟三：二五（1），～

《侯馬盟書・字表・存疑字》374 頁：🐟三：二五。

何琳儀，徐在國　附帶談一下侯馬盟書中的一個參盟人名，其字作：
〔D〕🐟《侯馬盟書》357 頁〔D〕邊從「人」，右下從「🐟」，即「塞」字古文，右上所從「王」似是「玉」。疑「🐟」爲「塞」字或體。甲骨文「宾」字作🐟（粹九四五），從「珏」，從「𠬞」，會雙手持雙玉報賽於宙廟神祇之意，乃「賽」之初文。楚簡「賽」字或作：

🐟　包山 149　🐟　213　🐟　秦家嘴 99，11，
有從雙「玉」者，亦有從一「玉」者〔D〕上引「宾」、「賽」比較，只是所從的「玉」位置移到「宀」上而已。將「🐟」視爲「塞」字或體不是沒有根據的。如此〔D〕釋爲「僿」。《集韻》「僿，無悃誠也。」《史記・高祖本紀》：「文之敝，小人以僿，故救僿莫若以忠。」司馬貞《索隱》：「僿，猶薄之義也。」字在盟書中用爲人名。（釋「塞」〔J〕，中國錢幣，2002，2：11～12）

按：何琳儀、徐在國兩位先生的觀點可備一說。

七　一、🐟一：六〇（1），～。　二、🐟三：一九（2），～強

《侯馬盟書・字表・殘字》378 頁：🐟一：六〇。《侯馬盟書・字表》355

頁：✦三：一九。

劉釗　盟書「✦」又可省作「✦」，字應釋「匕」。「比」從「匕」聲，此當借「匕」爲「比」。戰國文字中姓氏字借用者多見。如借胳爲閣，借肖爲趙等均是其例。（璽印文字釋叢（一）〔M〕，古文字考釋叢稿，長沙：嶽麓書社，2005：159，亦見：考古與文物〔J〕，1990，2：44～49）

劉國忠　本件盟書中的「先广」的「先」寫作✦，還可以印證侯馬盟書中寫作「兟」的字確爲「先」字，這一點亦有十分重要的意義。（侯馬盟書數術內容探討〔J〕，清華大學學報·哲學社會科學版，2006，4：86）

按：劉釗先生之說可從。

從　⿰彳足一六：三（4）✦一：三（1）✦一：四（1），而敢不盡～嘉之盟

劉翔　等　⿰彳足：同「從」。（侯馬盟書〔M〕，商周古文字讀本，北京：語文出版社，1989，9：207）

曾志雄　「從」字盟書主要有「從」、「⿰彳足」兩種寫法，前者一百四十一例，後者一百二十一例，二者數量接近相等。考慮到上文「腹」字已有「辵、止」偏旁通用例和顧全盟書文字的系統一致性，我們把「從、⿰彳足」看做是「辵、止」偏旁通用，而不把二者視爲簡省關係。（侯馬盟書研究〔D〕，香港：香港中文大學研究院中文學部博士論文，1993：66）

何琳儀　從　侯馬三二九，而敢不盡～嘉之盟
《說文》「～，隨行也。從辵、從，從亦聲。」從或省作人，辵或省作止。從、～一字分化。侯馬盟書～，順～。（戰國古文字典〔M〕，北京：中華書局，1998：429～430）

湯余惠，賴炳偉，徐在國，吳良寶：從。（戰國文字編〔M〕，福州：福建人民出版社，2001：570）

黃德寬　等　從　侯馬三二九，而敢不盡～嘉之盟
～，從之繁化字。金文或省作⿰彳足或仈，戰國文字或省作込、⿰彳足、企等。侯馬盟書～，順～。（古文字譜系疏證〔M〕，北京：商務印書館，2007：

1222～1223）

比　一、𢁀三：一（4），～痏。二、𢁀三：一（4），～直

《侯馬盟書・字表》355頁：𢁀。

陳夢家　先作二先，疑即先氏。趙氏與先氏皆非晉室的宗族，曾先後遭
　　　族滅之罪。郭說與盟者相約對此五家不得「再恢復其族氏，起用其子
　　　孫」，大約如是。（東周盟誓與出土載書〔J〕，考古，1966，2：275）

唐蘭　𢁀族可能就是晉國著名的先族，但趙尼的親信有這麼多𢁀族的人，
　　　他們的關係，還有待於新的史料的發現。（侯馬出土晉國趙嘉之盟載書
　　　新釋〔J〕，文物，1972，8：32）

陶正剛，王克林　「𢁀」、「𢁀」有的釋爲「先」，從二𢁀；有的釋爲「兢」。
　　　但此字在《古文四聲韻》卷二旨部和《汗簡》卷中之一都釋爲「比」。
　　　（侯馬東周盟誓遺址〔J〕，文物，1972，4：30）

李裕民　盟書制裁對象有先氏之族，顯然他們應該是有一定社會地位的
　　　有影響的貴族或失勢不久的貴族。《左傳》昭公三年（即晉平公十九
　　　年，西元前539年）叔向說「欒、卻、胥、原、狐、續、慶、伯，降
　　　在皂隸。」原即先氏，是先氏至少在前539年已經淪爲奴隸了，經過
　　　一百五十多年的屠殺、鎮壓，恐怕早已失去有組織的大規模的反抗能
　　　力了，怎麼還能引起權貴們興師動眾歃血爲盟點名道姓的制裁他們，
　　　不許恢復他們的勢力呢？（我對侯馬盟書的看法〔J〕，考古，1973，
　　　3：185）

劉翔　等　𢁀，經籍作「先」，晉國公族有先氏。（侯馬盟書〔M〕，商周古
　　　文字讀本，北京：語文出版社，1989，9：208）

劉釗　侯馬盟書有姓氏字作下揭諸形：A 𢁀　　B 𢁀　　C 𢁀　　D 𢁀　　E 𢁀
　　　此字舊釋𢁀，實誤，按字也應釋比。B、C、D、E四式添加飾筆同於
　　　古璽D上下分離，乃割裂筆劃所致，戰國文字中習見。E式增加邑旁，
　　　爲戰國地名姓氏用字之慣例。釋「𢁀」爲𢁀所以誤，可由侯馬盟書文

字本身證之：（1）自甲文至小篆，先字一貫從止（或從之）從人，構形穩定不變。盟書凡從止、從之的字，止、之皆作「⽌」或「⽌」，從不作「⼭」形。「先」字由筆順看，是在「先」字上加飾筆「⌄」而成，決非從止或之。（2）盟書本有先字，作「先」，被以不識字列入字表殘字類（3：19 三例），與「先」字區別至顯。盟書「先」又可省作「先」，字應釋「匕」。「比」從「匕」聲，此當借「匕」為「比」。戰國文字中姓氏字借用者多見。如借脂為闍，借肖為趙等均是其例。古璽及盟書之「比」，皆應讀為姓氏之「比」。比為地名，在今山東淄博一帶，姓比乃以封地為氏。《史記》載殷有比干，可證古有比氏。（璽印文字釋叢（一）・釋「比」〔J〕，考古與文物，1990，2：44～492，亦見：古文字考釋叢稿〔M〕，長沙：嶽麓書社，2005，7：157～159）

曾志雄　劉釗認為，上引古璽和盟書的「比」，皆為姓氏。比為地名，在今山東淄博一帶，姓比乃以封地為氏。《史記》載殷有比干，可證古有比氏。（劉氏上引文頁 44）我們同意這個看法。（侯馬盟書研究〔D〕，香港：香港中文大學研究院中文學部博士論文，1993：98）

湯余惠，賴炳偉，徐在國，吳良寶：比。（戰國文字編〔M〕，福州：福建人民出版社，2001：570～571）

韓炳華　《侯馬盟書》中多次出現先氏，其「先」的寫法大致有 9 種（如下圖）。

先92.28、先156.19、先195.6、先88.1、先105.2、先93.1、先3.19、先156.20、先92.16

9 種寫法無論是釋先，兟，郕，都是指先氏之先。先在盟書中是被盟詛人，共列舉了八家，即先德、先木、先騂、先興、先乙、先痎、先譬、先孚。由此看出先氏是一龐大家族。然而這麼大的一族與趙氏為敵，史書記載卻闕如，是否可以考慮先氏就是春秋晚期晉國著名的六卿之一的范氏呢？張頷先生引《左傳》文公七年「士會在秦三年，不見士伯。」注：「士伯，先蔑。」士會食邑於范，故又為范氏。（先族考〔J〕，中國歷史文物，2005，4：36～38）

按：～有釋烑、比兩種說法。但從文字的時代特點等因素來看，盟書中～，
當以陶正剛、王克林和劉釗先生釋「比」之說爲是。

衆　𡠹一○五：三（1），～人㤅死

山西省文物工作委員會　衆人——在東周時期，衆人當指國人，即自由
　　民。（張頷，陶正剛，張守中，侯馬盟書〔M〕，太原：山西古籍出版
　　社，2006 年增訂本：44，亦見：山西省文物工作委員會，侯馬盟書〔M〕，
　　北京：文物出版社，1976 第一版）

何琳儀　衆　侯馬三三一，～人㤅死
　　盟書「～人」，見《詩・周頌・臣工》「命我～人，庤乃錢鎛。」（戰國
　　古文字典〔M〕，北京：中華書局，1998：274～275）

高智　陝西師大學報（哲社版）一九八九年第四期發表了郭政凱同志《侯
　　馬盟書參盟人員的身份》一文，文中對《侯馬盟書》中參盟人員的身
　　份與稱名提出了自己的看法。主要根據是以可釋的六百餘件盟書中的
　　參盟人數、自己所謂的「貴族取名原則」和對參盟人的稱名及《盟書》
　　中「詛咒類」中的「而卑衆人㤅（𢝙）死」中的「衆人」來否定這些
　　參盟者既不是趙氏宗族成員及其家臣，也不是晉國的群臣大夫，而是
　　以國人爲主。
　　對《侯馬盟書・宗盟類》中參盟人員的人名雖有時用「低賤字眼」，但
　　不能因此而說參盟者的身份多數是國人。先秦時古人「名不諱惡」，並
　　不存在所謂的「貴族取名原則」。參盟人員稱其名者應爲趙氏宗族成員
　　及其家臣。郭文中認爲參盟者多數爲國人是不確切的。（侯馬盟書主要
　　問題辨述〔J〕，文物季刊，1992，1：36、38）

黃德寬 等　衆　侯馬三三一，～人㤅死
　　～，從日，從乑，會日下人多之意。金文以降，日旁演變爲目形，爲
　　小篆所承襲。《說文》：「～，多也。從乑目，衆意。」侯馬盟書「～人」，
　　見《詩・周頌・臣工》「命我～人。」（古文字譜系疏證〔M〕，北京：
　　商務印書館，2007：1171～1173）

按：《古文字譜系疏證》之說可從。

身 **身** 三：一九（5）、**身** 一五六：二〇（4），顆嘉之～

陶正剛，王克林　「身」，《爾雅》：「我也。」疏：「自謂也。」皆是自稱之
謙詞。（侯馬東周盟誓遺址〔J〕，文物，1972，4：31）

山西省文物工作委員會　**身**──「身」字的繁體字，「躳」字的簡寫。「躳」
通於「身」字。（張頷，陶正剛，張守中，侯馬盟書〔M〕，太原：山
西古籍出版社，2006年增訂本：39，亦見：山西省文物工作委員會，
侯馬盟書〔M〕，北京：文物出版社，1976第一版）

曾志雄　「身」字本片盟書從「口」作「躳」，但僅有此一例；其餘主要作
身，一例作**身**（185：2），一例作**身**（156：25）。作「躳」的照李家浩
的意見，是「躳」的省寫；「躳」字就是《說文》「躬」字的正篆，所
從的「呂」是「宮」或「雝」的聲符，我們在上文談「靁」字時已論。
李氏指出，黃賓虹已注意到古印中「躳」字假借爲「身」字的現象，
並作過考釋，其結論是正確的；李氏認爲，古璽中「躳」借爲「身」，
是因爲「躳」除有「呂」音之外，又有「身」音的緣故，他把這種一
字二音的現象稱爲「異讀現象」。（《從戰國「忠信」印談古文字中的異
讀現象》頁12）因此，盟書的「躳」和「身」可視爲假借關係。
至於185：2片的「身」字，應該是筆劃簡省；而156：25片，則屬於
方位未定。（侯馬盟書研究〔D〕，香港：香港中文大學研究院中文學
部博士論文，1993：185～186）

何琳儀　身　侯馬三〇九，顆嘉之～
～，像人腹隆起有孕之形。人亦聲。妊之初文。（戰國古文字典〔M〕，
北京：中華書局，1998：1137～1138）

按：曾志雄先生之說可從。

※禓 **禓** 一：一八（2），～

湯余惠，賴炳偉，徐在國，吳良寶：禓。（戰國文字編〔M〕，福州：福建

人民出版社，2001：582）

黃德寬 等　褖　侯馬三二三，～

～，從衣，奐聲。侯馬盟書～，人名。（古文字譜系疏證〔M〕，北京：
商務印書館，2007：2581）

老　[字形]一：四九（1），～

陳漢平　盟書有人名字作[字形]，字表釋老，未確。按《說文》老字「從人、
毛、匕。」而此字從老省，止聲，知非老字。依聲類推之，疑爲耆或
耋字異體。茲存疑。（侯馬盟書文字考釋〔M〕，屠龍絕緒，哈爾濱：
黑龍江教育出版社，1989，10：347）

黃德寬 等　老　侯馬三〇六，～

侯馬盟書～，人名。（古文字譜系疏證〔M〕，北京：商務印書館，2007：
629～630）

按：《古文字譜系疏證》之說可從。

俞　[字形]八八：一四（1），敢～出入

郭沫若　俞字假爲偷。其他二簡同位之字從言旁，左半不明，疑是詭字或
謬字，與偷字義相近。（新出侯馬盟書釋文〔M〕，郭沫若全集·考古
編·第10卷·考古論集，北京：科學出版社，1972：154）

陶正剛，王克林　「敢」下一字，在九篇盟誓中，沒有固定的用字，有從
言、從余者，可釋爲詮；有從糸、從余者，可釋爲絵。在本篇中作[字形]，
和《不嬰簋》中的[字形]、《豆閉簋》中的[字形]、《黃韋俞父盤》中的[字形]相同。
《金文編》隸定爲「俞」。俞可作應允、俞允解釋，《尚書·堯典》：「帝
曰：俞」。（侯馬東周盟誓遺址〔J〕，文物，1972，4：30）

唐蘭　俞讀爲渝。《爾雅·釋言》：「渝，變也」。《左傳·僖公二十八年》的
兩個載書和成公十二年的載書都有「有渝此盟」的話，桓西元年的載
書說「渝盟無享國」。那麼，這是說不履行盟約而出入於趙尼及其子孫
之所。（侯馬出土晉國趙嘉之盟載書新釋〔J〕，文物，1972，8：33）

朱德熙，裘錫圭　「出入」上一字，1 號作「俞」；2 號、8 號、9 號作言旁
　　俞，俞即俞之簡寫，字當釋「諭」；4 號作諭，上端已殘，亦當是「諭」，
　　但俞旁寫法稍有不同；6 號作繪，當釋「繪」。其他各號，此字或殘去，
　　或筆劃不清，不具論。無論是「俞」，是「諭」，是「繪」，都應從郭沫
　　若同志讀爲「偷」。
　　「偷出入於……之所」就是私下與這些人往來的意思。（郭沫若，出土
　　文物二三事〔J〕，文物，1972，3 ：5）。（關於侯馬盟書的幾點補釋〔J〕，
　　文物，1972，8：36）

山西省文物工作委員會　俞出入於趙尼之所 —— 俞，盟書中或寫作諭、
　　繪，借爲「偷」字。這裏的意思是指偷偷地和趙尼來往。
　　俞 —— 偷字的省體。（張頷，陶正剛，張守中，侯馬盟書〔M〕，太原：
　　山西古籍出版社，2006 年增訂本：38、42，亦見：山西省文物工作委
　　員會，侯馬盟書〔M〕，北京：文物出版社，1976 第一版）

曾志雄　俞：由於「委質類」盟書公佈較晚，所以陳夢家未有釋此篇。此
　　字最早郭沫若隸爲「俞」，認爲假借爲「偷」；（《出土文物二三事》頁
　　5）

楊伯峻《春秋左傳詞典》「偷」字條下所收義項有「薄也」和「苟且」二項
　　（頁 591），後者大概比較適合本句的解釋。
　　金文「俞」字從「舟」旁（見補摹本《金文編》頁 606），林義光《光
　　源》認爲金文「俞」字「從舟，余省聲」（見《金文詁林》卷八頁 5322
　　所引），則屬於形聲字。盟書「俞」字有從「舟」旁的，也有從「肉」
　　旁的；比照金文字形看，從「肉」旁的顯是「舟」旁的的訛誤，訛誤
　　的應屬新形式。由前者只占二例（75：8、185：8），後者五例看，新
　　形式已佔優勢。盟書中「俞」又作「諭」，應該是後起形聲字；作「俞」
　　的七例，作「諭」的十四例，呈趨新走向，而且作「諭」的已不見寫
　　作「舟」旁，顯然屬全新寫法，與其後起形聲字的身分相符。（侯馬盟
　　書研究〔D〕，香港：香港中文大學研究院中文學部博士論文，1993：
　　159～160）

何琳儀　俞　侯馬三二一，敢～出入

侯馬盟書～，讀踰。《說文》「踰，越也。從足，俞聲。」（戰國古文字典〔M〕，北京：中華書局，1998：373～374）

湯余惠，賴炳偉，徐在國，吳良寶：俞。（戰國文字編〔M〕，福州：福建人民出版社，2001：590）

黃德寬 等　俞　侯馬三二一，敢～出入

～，從舟，餘聲。～，定紐；余，透紐；均屬舌音。～爲余之準聲首。侯馬盟書～，讀踰。《說文》「踰，越也。」（古文字譜系疏證〔M〕，北京：商務印書館，2007：1016～1017）

兄　三：二三（2），～弟

何琳儀　侯馬三〇四，～弟

侯馬盟書「～弟」，見《詩・王風・葛藟》「終遠～弟，謂他人父。」（戰國古文字典〔M〕，北京：中華書局，1998：621～622）

湯余惠，賴炳偉，徐在國，吳良寶：兄。（戰國文字編〔M〕，福州：福建人民出版社，2001：593）

黃德寬 等　侯馬三〇四，～弟

～，從兒，從口，會意不明。或說祭祀之時由～長禱祝。戰國文字「～弟」，見《詩・王風・葛藟》「終遠～弟」。（古文字譜系疏證〔M〕，北京：商務印書館，2007：1724～1725）

弁　一五六：一六（2）、一：四（1），而敢或～改

《侯馬盟書・字表》345 頁：𢻮。

陳夢家　差（筆者注：即）字與《說文》籀文相同。（東周盟誓與出土載書〔J〕，考古，1966，2：275）

唐蘭　𤰇字《說文》誤爲𠬛，「傾覆也，從寸，臼覆之，寸人手也，從巢省。杜林說以爲貶損之貶。」《漢書・司馬相如傳》：「而適足以𠬛君自損也。」

《文選·上林賦》又誤作⿰，晉灼注：「⿰古貶字」。據卜辭漢作⿰，銅器鼓⿰篡銘巢作⿰，可證所謂從巢省的⿰字當作⿰，⿰改的意思是顛覆和變改。（侯馬出土晉國趙嘉之盟載書新釋〔J〕，文物，1972，8：32）

山西省文物工作委員會　⿰——盟書中或作「⿰」、「⿰」、「⿰」。音義未明。（張頷，陶正剛，張守中，侯馬盟書〔M〕，太原：山西古籍出版社，2006 年再版：35，亦見：山西省文物工作委員會，侯馬盟書〔M〕，北京：文物出版社，1976 第一版）

李家浩　侯馬盟書云：

……而敢或⿰改助及⿰（奐），卑不守二宮者……⿰（吾）

君亓（其）明亟覞之，麻⿰（夷）非（彼）是（氏）。

「改」上一字有許多種寫法，大致可以歸納爲以下幾組：

A 組：1、⿰ ⿰ 2、⿰ ⿰ 3、⿰ ⿰　B 組：⿰ ⿰　C 組：⿰　D 組：⿰ ⿰　E 組：⿰ ⿰

一九七八年湖北江陵天星觀發現的戰國楚簡中，有一個從竹的字：⿱。朱德熙先生認爲下方所從像人戴冠冕之形，即《說文》訓爲「冠也」的兒字，或體作「弁」、「覓」當即「笄」字，我們認爲侯馬盟C 從左旁就是「兒」，而⿰和⿰則是「兒」字簡省的寫法。《說文》「兒」字籀文作⿰、或體作⿰，即「弁」字。我們知道，古文字中作爲偏旁的「廾」可以省作「又」，因此盟書 A 組的寫法應與「弁」字相當。如果我們把B、D、E 各組中的⿰或⿰看成是⿰、⿰之省，那麼B、D、E 三組應分別隸定爲：⿰、⿰、弁。不過我們也可以把⿰和⿰分析成從「又」從「兒」省，採取這種寫法，A、B、D、E 四組則應分別隸定爲：⿰、⿰、⿰、兒。（釋「弁」〔C〕，古文字研究·第一輯，1979，8：391～395）

湯余惠　⿰，通變。盟書此字作⿰、⿰等形，唐蘭釋⿰，可從。《說文》：「⿰，傾覆也。……杜林說以爲貶損之貶。」這裏用爲變，意謂變改初衷，背叛其主。（侯馬盟書〔M〕，戰國銘文選，長春：吉林人民出

版社，1993，9：197）

曾志雄　盟書中「蚑改」又作「改蚑」（1：87，1：105），這是由於蚑、
　　改二字同義，構成了同義聯合式雜音詞的緣故。馬眞指出，先秦聯
　　合式複音詞的兩個詞素往往可以易位，而且「這種顚倒詞素次序的
　　聯合式複音詞，它們的意義完全一樣。」（《先秦複音詞初探（續完）》
　　頁 83）。這正是「蚑改」在盟書中作爲複詞的證據。《侯馬盟書》（頁
　　36）把本句的「改」字隸屬下句作解釋，顯然沒有注意到「蚑改」
　　作爲一個詞的事實和「改」字下的斷句符號（98：24）。（侯馬盟書
　　研究〔D〕，香港：香港中文大學研究院中文學部博士論文，1993，
　　82）

何琳儀　弁　侯馬三二八　而敢或～改（27 例）
　　侯馬盟書「～改」，讀「變改」。三體石經《無逸》變作攽。《書·堯典》
　　「於變時雍」，漢孔廟碑變作卞（弁）。是其佐證。《史記·禮書》「自
　　天子至佐僚及宮室官名，少所變改。」（戰國古文字典〔M〕，北京：
　　中華書局，1998：1064～1065）

趙平安　李家浩先生把 ▉▉ 分析爲「從『又』從『兒』省」，是不對的，
　　實際上它就是兒字。▉ 到 ▉ 的演進過程，從下列筭字的異體中可以看
　　得很清楚：
　　▉ ▉ ▉ ▉ （《楚系簡帛文字編》第 362～363 頁）
　　侯馬盟書 B、C 字也應直接隸作兒，古文字從攴從又是相通的。C 組
　　左邊下方的一小劃，只是中筆偶爾延長而已，和 E 組第二個字中筆延
　　長相似。（釋甲骨文中的「▉」和「▉」〔J〕，文物，2000，8：62）

湯余惠，賴炳偉，徐在國，吳良寶：兒。（戰國文字編〔M〕，福州：福建
　　人民出版社，2001：594）

黃德寬 等　弁　侯馬三二八，而敢或～改
　　侯馬盟書「～改」，讀「變改」，《史記·禮書》「自天子至佐僚及宮室
　　官名，少所變改。」（古文字譜系疏證〔M〕，北京：商務印書館，2007：
　　2813～2814）

黃德寬 等　敓　侯馬三二八，而敢或～改

　　～，從攴，弁聲。疑拚之異文。侯馬盟書「～改」，讀「變改」。參弁

　　字。（古文字譜系疏證〔M〕，北京：商務印書館，2007：2815～2816）

按：李家浩先生之說可從。

先　※三四○：一（2），～扩

《侯馬盟書・字表・殘字》387 頁：※三四○：一。

何琳儀　先　侯馬三七○，～扩

　　侯馬盟書～，姓氏。晉隰叔初封于～，故以爲氏。見《通志・氏族略》。

　　（戰國古文字典〔M〕，北京：中華書局，1998：1348～1349）

黃德寬 等　先　侯馬三七○，～扩

　　侯馬盟書～，姓氏。《通志・氏族略》三「～氏，晉大夫～輔之後，

　　世爲晉卿。」《姓觿・先韻》「～，《姓源》云『晉隰叔初封于～，因

　　氏。』《千家姓》云：絳都族。《左傳》有晉大夫～軫、～克、～友、

　　～都……」（古文字譜系疏證〔M〕，北京：商務印書館，2007：3765）

見　一、⊗一：一六（3），明亟～之。二、⊗一九四：一二（7），～之　行道。三、⊗一七九：一八（6），所～而不之死者

裴錫圭　郭店簡的整理者在考釋簡本《老子》時，發現簡文中上從「目」

　　「下部爲立人」的字是「視」字，「與簡文『見』字作⊗者有別」（《郭

　　店楚墓竹簡》114 頁注〔六〕，交物出版社，1998 年 5 月）。例如：《老

　　子》今本 35 章的「視之不足見」，簡本就作：

　　⊗之不足⊗　　《老子》丙 5 號簡，《郭店楚墓竹簡》9 頁

　　時代不出春秋戰國之間的侯馬盟書，有「覎」、「見」二字（分別見於

　　《侯馬盟書》字表 337 頁和 309 頁），前者各家皆釋「視」。盟書「見」

　　字下部人形已作直立形，看來當時晉國已不用「視」的表意初文了。

　　不過，盟書中「明殛視之」一語中的「視」字有少數作「見」，不知是

　　同義相代，還是使用「視」字表意初文的殘跡。（甲骨文中的見與視

　　〔C〕，臺灣中研院歷史語言研究所，甲骨文發現一百周年學術研討會

論文集（1898～1998），臺灣：文史哲出版社有限公司，1998：1～5）

湯余惠，賴炳偉，徐在國，吳良寶：視。（戰國文字編〔M〕，福州：福建
　　人民出版社，2001：595）

黃德寬　等　見　侯馬三〇九，所～而不之死者

戰國文字～，用其本義。（古文字譜系疏證〔M〕，北京：商務印書館，
　　2007：2615～2617）

按：裘錫圭先生之說可從。

覭　𦔮一六：三（6）、𦕼八五：一（4）、𦕊六七：一四（2），虐若其明
　亟～之；君亓明亟～之；虐君亓明亟～之；其亟～

郭沫若　瑣字當讀爲劌或削，就是絕子絕孫。（侯馬盟書試探〔J〕，文物，
　　1966，2：5）

陳夢家　覭字原摹本有誤，細審 1 號及 21 號片原物明是從氏從見，沁陽載
　　書亦同。《說文》視之古文作䁯，《周禮・大卜》「䁯高」，注作「視高」，
　　《儀禮・士喪禮》作「示高」，皆即視字。《說文》又有覭字，解曰「病
　　人視也……讀若迷」，字形與載書同，病人視乃引申義。（東周盟誓與
　　出土載書〔J〕，考古，1966，2：275）

郭沫若　「覭」是視之異，是糾察的意思。（新出侯馬盟書釋文〔M〕，郭
　　沫若全集・考古編・第 10 卷・考古論集，科學出版社，1972：155）

陶正剛，王克林　覭，《說文》：「病人視也」，有人釋作視，即察視的意思。
　　（侯馬東周盟誓遺址〔J〕，文物，1972，4：31）

山西省文物工作委員會　覭——「視」字的異體字。盟書中或作「覭」、
　　「𥄕」、「邸」諸字。後文不再注。（「侯馬盟書」注釋四種〔J〕，文物，
　　1975，5：20，亦見：張頷，陶正剛，張守中，侯馬盟書〔M〕，太原：
　　山西古籍出版社，2006 年增訂本：32，亦見：山西省文物工作委員會，
　　侯馬盟書〔M〕，北京：文物出版社，1976 第一版）

劉翔　等　覭：同「視」，注視。（侯馬盟書〔M〕，商周古文字讀本，北
　　京：語文出版社，1989，9：209）

曾志雄　盟書「睍」字又有一例作「邸」（156：19），一例作「氏」（1：78），後者字表失收。以上這些從「氏」旁的「睍」字，都應該屬於形聲字衍化的一系列關係。另有一例作覭（185：2）其左旁未見於其他古文字中，與「睍」可能仍是音符互作。（侯馬盟書研究〔D〕，香港：香港中文大學研究院中文學部博士論文，1993：109～110）

高明　睍作視。（載書〔M〕，中國古文字學通論，北京：北京大學出版社，1996，6：426）

何琳儀　睍　侯馬三三七，明䖑～之

～，從見，氏聲，或氏聲。眠之異文，亦作視。侯馬盟書～，讀視。（戰國古文字典〔M〕，北京：中華書局，1998：1210～1211）

湯余惠，賴炳偉，徐在國，吳良寶：視。（戰國文字編〔M〕，福州：福建人民出版社，2001：595）

黃德寬 等　睍侯馬三三七，盧若其明䖑～之；君丌明䖑～之；盧君丌明䖑～之；其䖑～

～，從見，氏聲，古視字。侯馬盟書～，古視字。《國語·周語》中「司空視途，司空詰奸。」徐元誥集解「視，猶察也。」（古文字譜系疏證〔M〕，北京：商務印書館，2007：2958～2959）

董珊　「睍」字原從「氏」、「視」，是個雙聲字。（侯馬、溫縣盟書中「明殛視之」的句法分析〔C〕，古文字研究·第二十七輯，北京：中華書局，2008：356）

按：《古文字譜系疏證》之說可從。

※睍　䀉一：二六（4），麻夷非～

湯余惠，賴炳偉，徐在國，吳良寶：視。（戰國文字編〔M〕，福州：福建人民出版社，2001：595）

黃德寬 等　眠　侯馬三三七，麻夷非～

侯馬盟書～字，從見，氏聲。盟書～，讀氏。參是字條。（古文字譜系疏證〔M〕，北京：商務印書館，2007：2039～2040）

按：眠（睍）字盟書中共出現五次：一：二六（4）、二〇〇：八（10）、一六：二七（11）、七七：四（4）、一五二：五（5），辭例均是「明祖～之」，沒有「麻夷非～」。故《古文字譜系疏證》中睍字的辭例應改爲「明祖～之」。

※覞　一八五：二（7），君～之

陳漢平　盟書「明祖睍之」句有一例作「明祖覞之」，字表隸定作覞而無說。按此字與睍、視字同義，造字結構爲從見，厤聲。（侯馬盟書文字考釋〔M〕，屠龍絕緒，哈爾濱：黑龍江教育出版社，1989，10：353）

黃德寬　等　覞　侯馬三三七，明祖～之

～，從見，厤（厤）聲。視之異文。侯馬盟書「明祖睍（視）之」習見，偶作「明祖～之」，是其確證。酋、氏、示均屬定紐，～、睍、視音符互換。侯馬盟書～，讀視。（古文字譜系疏證〔M〕，北京：商務印書館，2007：601）

按：《古文字譜系疏證》中辭例應爲「君～之」，其說可從。

※睍　三五：九（5），明祖～之

何琳儀　睍　侯馬三三七，明祖～之

～，從見，眠聲，睍之繁文。侯馬盟書～，或作睍，讀視。（戰國古文字典〔M〕，北京：中華書局，1998：12）

黃德寬　等　睍　侯馬三三七，明祖～之

～，從目，從見，氏聲，古視字繁文。參見「睍」。侯馬盟書～，讀視。參見「睍」。（古文字譜系疏證〔M〕，北京：商務印書館，2007：2959）

※坎　一：六六（1）、九二：二五（1），～

《侯馬盟書・字表》334 頁：攼。

陳漢平　盟書有人名字作攼、攼，字表釋攼，未確。按此字從欠，主聲，當隸定爲坎，釋爲拄或住。《正韻》：「拄，掌也；支也。」拄字又訓剌

也，距也，從旁指也。拄字又通作柱。《集韻》：「住，止也，立也，居也。」玟字亦見於古璽文字，《古璽彙編》1838 人名作：史𥐥。（侯馬盟書文字考釋〔M〕，屠龍絕緒，哈爾濱：黑龍江教育出版社，1989，10：351）

曾志雄　祆：見《侯馬盟書》頁 53，《附錄》第 15 號。盟書「祆」字左邊作𥙡，與「祝、宗」等字示旁作示不同。而盟書「宔（主）」字作𡨄，其下與「祆」字左旁相同，因此「祆」字應隸作「玟」，不應作「祆」；《春秋晉國「侯馬盟書」字體通覽》亦將此字隸作「玟」。《古璽彙編》2650 號有人名「瘍祆」，羅福頤釋為「祆」，吳振武認為同於「訐」字，恐不合，因為「玟」字左邊非從「干」旁。（侯馬盟書中的人名問題〔C〕，容庚先生百年誕辰紀念文集，廣州：廣東人民出版社，1998，4：498）

湯余惠，賴炳偉，徐在國，吳良寶：玟。（戰國文字編〔M〕，福州：福建人民出版社，2001：601）

黃德寬　等　玟　侯馬三一七，～

～，從欠，主聲。疑咮之異體。《玉篇》「咮，口不正也。」侯馬盟書～，人名。（古文字譜系疏證〔M〕，北京：商務印書館，2007：983）

※趾　𧾷三：一九（2）、趹探八□：二（5），～

李裕民　大概趾和陰僅有幾個弟弟跟著跑，而先瘯的兄弟都跟著跑了，所以列入制裁名單時有「群弟」和「兄弟」之別。（我對侯馬盟書的看法〔J〕，考古，1973，3：186）

曾志雄　趾：人名。《龍龕手鑒》有此字，音「子尹切」，未釋義；此字亦見於中山王墓的「兆域圖版」，一般學者視為「足」之假借字。由於此字在盟書中屬單字人名，至今尚無確解。

「趾」和下句的「陰」，是盟書中唯一不帶姓的兩個被制裁者。由於他們二人相連並稱，可能表示二人是同姓的；又由於他們冒於「中都比𡟬、比木」之下，他們可能都是中都的比氏集團。（侯馬盟書研究〔D〕，

香港：香港中文大學研究院中文學部博士論文，1993：175）

何琳儀　跜　侯馬三二六，～

～，從足，次聲（或次省聲）。字書作跜。（戰國古文字典〔M〕，北京：
中華書局，1998：623～624）

湯余惠，賴炳偉，徐在國，吳良寶：跜。（戰國文字編〔M〕，福州：福建
人民出版社，2001：601）

黃德寬 等　跜　侯馬三二六，～

～，從足，次聲（或次省聲），趑的異體。（古文字譜系疏證〔M〕，北
京：商務印書館，2007：3067～3068）

按：～，從欠，足聲。右旁的欠字，有的加了止形，並且上移訛變。盟書
中～，人名。

※欥　三：一（4）三：一〇（4）七五：五（3），通～

湯余惠，賴炳偉，徐在國，吳良寶：欥。（戰國文字編〔M〕，福州：福建
人民出版社，2001：602）

黃德寬 等　欥　侯馬三三〇，通～

～，從欠，呈聲。或加止旁繁化，或省口旁，或於口旁內加短橫爲飾
作，口旁或作形。晉文字～，人名。（古文字譜系疏證〔M〕，北
京：商務印書館，2007：2158～2159）

※欶　七五：三（3）九二：五（4），比～

湯余惠，賴炳偉，徐在國，吳良寶：欶。（戰國文字編〔M〕，福州：福建
人民出版社，2001：603）

黃德寬 等　欶　侯馬三三三，比～

～，從欠，克聲。侯馬盟書～，人名。（古文字譜系疏證〔M〕，北京：
商務印書館，2007：82）